Tante Frieda

## Das Buch

Tante Frieda stammt ursprünglich aus Oberfranken. Sie ist schon etwas älter, klein, verhutzelt, Dackelbesitzerin und eine leidenschaftliche Köchin. Backen kann sie ebenfalls. Meistens ist sie sehr liebenswürdig, manchmal besserwisserisch, und die meisten Menschen unterschätzen sie gewaltig. Sie ist sehr neugierig, spontan, mutig und neigt manchmal zu riskanten Taten. Sie lebt in dem beschaulichen Stadtteil Hohe Tanne in Hanau und kennt dort jeden. Wenn etwas passiert, ist sie die Erste, die davon Wind bekommt. Und als es in der Hohen Tanne plötzlich eine Leiche gibt, kann Tante Frieda nichts mehr halten, und sie beginnt zu schnüffeln. Zunächst scheint alles klar zu sein: Hinter dem Mord steckt Drogenhandel. Doch das Polizeiteam findet keine Beweise. Tante Frieda hat den richtigen Riecher.

## Die Autorin

Heidi Gebhardt, geboren 1962, war früher als Kundenberaterin in Werbeagenturen tätig und arbeitet heute als freie Autorin. Schon früh hat sie ihre große Liebe zum Kochen und zur Kriminalliteratur entdeckt, der sie sich nach der Geburt ihrer Kinder noch mehr widmen konnte. Ihr erster Krimi um Tante Frieda erschien im Selbstverlag und war ein großer Erfolg in Hanau und Frankfurt. Die Autorin lebt seit über zehn Jahren im Hanauer Stadtteil Hohe Tanne.

HEIDI GEBHARDT

# TANTE FRIEDA

**Ein Hohe-Tanne-Krimi**

List Taschenbuch

Besuchen Sie uns im Internet:
www.list-taschenbuch.de

Lizenzausgabe im List Taschenbuch
List ist ein Verlag der Ullstein Buchverlage GmbH, Berlin.
1. Auflage Oktober 2014
© Ullstein Buchverlage GmbH, Berlin 2014
Titel der Originalausgabe: *Tante Frieda*
(Kolonelverlag, 2013, Heidi Gebhardt)
Umschlaggestaltung: ZERO Werbeagentur, München
Illustration: Alice Gebhardt
Satz: LVD GmbH, Berlin
Gesetzt aus der Goudy Old Style und Gotham
Papier: Pamo super von Arctic Paper Mochenwangen GmbH
Druck und Bindearbeiten: CPI books GmbH, Leck
Printed in Germany
ISBN 978-3-548-61252-2

# 1

Ich saß bei Tante Frieda in der sonnendurchfluteten Küche am alten Tisch mit der grässlichen Plastiktischdecke und mampfte das dritte Stück ihres köstlichen, noch warmen Apfelkuchens. »Tot? Der Jahn?« Ich war erschrocken. Den Jahn kannte ich schon als Kind, aus der Zeit, als wir bei Tante Frieda »abgeladen« wurden.

Und das »Abladen« kam ziemlich häufig vor. Mein Vater war der kleine Bruder von Tante Frieda, er hat sehr spät, mit 45, meine Mutter geheiratet. Sie war wohl, zum Entsetzen der ganzen Familie, ein flippiges Mädchen. Ein echter Hippie, mit wallendem Haar, langem lila Blümchenkleid und weißem Schlapphut auf den Hochzeitsfotos. Mein Vater starb bei einem Autounfall, als ich fünf Jahre alt war. Meine Mutter war unstet und stürzte sich ins Leben, ohne Rücksicht auf uns Kinder zu nehmen. Wir wohnten in einem Hinterhof in einer schäbigen Altbauwohnung in Bornheim, einem Stadtteil von Frankfurt. Meine sonstigen Erinnerungen an diese Zeit sind eher dunkel und verschwommen. Ich erinnere mich an viele Menschen in einer verqualmten Küche. Dort wurde diskutiert, geraucht und viel Wein getrunken. Die Tagesanfänge verbinde ich immer mit einer Suche nach sauberen Kleidern oder Socken, die zusammenpassten. Auch als wir schon viel älter waren und in die Schule gingen, verfrachtete uns Mutter – so durften wir sie übrigens nicht nennen, sondern nur bei ihrem Vornamen Erika – ins Auto und fuhr uns zu Tante Frieda in die Hohe Tanne, einem Stadtteil von Hanau.

Welch ein Kontrast! Bei Tante Frieda war es immer aufgeräumt. Ich glaube bis heute, dass es bei ihr niemals unordentlich werden kann, weil alles seinen festen Platz hat. Niemand käme auf die Idee, die Zeitung ausgebreitet auf dem Tisch liegen zu lassen oder die Kaffeetasse nicht wegzuräumen. Es befahl schon diese saubere, reine Atmosphäre bei Frieda, ordentlich zu sein. Während unsere Mutter außer weichen, klebrigen Spaghetti mit Tomatensoße nichts zustande brachte, gab es bei Tante Frieda zu festen Zeiten Essen und jeden Nachmittag frischen, selbstgebackenen Kuchen. Für mich das Paradies! Ich fühlte mich wohl bei Tante Frieda. Es war diese Ordnung, die uns einen festen Halt in dem ansonsten so chaotischen Leben gab.

Unsere Mutter lud meinen Bruder und mich freitagabends bei Tante Frieda ab, damit sie das Wochenende für sich hatte, und vergaß oft, uns am Sonntagabend wieder abzuholen. Dann weckte uns Tante Frieda montags früh um sechs, packte uns ordentliche Frühstückspakete ein und fuhr uns zur Schule nach Frankfurt. Die Lehrer waren alle sehr nachsichtig mit uns. Vielleicht weil wir an diesen Tagen frisch gewaschen mit sauberen, gebügelten Kleidern und gekämmt – ich mit Zöpfen – in die Schule kamen. Mitleidig liehen uns die Lehrer ihre Schulbücher, damit wir am Unterricht teilnehmen konnten, und sahen darüber hinweg, dass wir keine Hausaufgaben dabeihatten. Im Sportunterricht konnten wir barfuß mitturnen oder auf der Bank hocken bleiben.

Wenn ich meine Freundinnen heute über die Schulsorgen ihrer Kinder reden höre, denke ich oft, dass dies niemals mehr möglich wäre. Heute wären mein Bruder und ich von jeder Schule geflogen. Das Jugendamt hätte sich eingeschaltet, und wahrscheinlich wären wir sogar im Heim gelandet. Wir haben trotzdem die Schule geschafft. Wahrscheinlich auch deshalb, weil Frieda mit unserer Mutter stritt und zankte und irgendwann darauf bestand, dass wir freitagabends nur noch mit gepackten Schulranzen und Turnbeuteln kommen durften.

Der Erwin Jahn jedenfalls, der gegenüber wohnte, hat uns manchmal eingeladen, in seinem Pool zu planschen. Das war für meinen Bruder und mich Luxus pur! Na ja, eigentlich ist es immer noch Luxus, einen eigenen Pool im Haus zu haben.

Momentan habe ich noch nicht mal eine eigene Waschmaschine. Deshalb bin ich aus Sachsenhausen, wo ich mittlerweile alleine eine wunderschöne Wohnung im vierten Stock eines Altbaus habe, extra raus nach Hanau zu Tante Frieda gefahren. Um zu waschen.

Zugegeben: Es gibt einen Waschsalon in Sachsenhausen, direkt bei mir um die Ecke. Die übliche Tristesse dieser Einrichtung wird manchmal von ein paar Spaßvögeln mit witzigen Aktionen unterbrochen. Vor ein paar Wochen trafen sich ein paar Jugendliche im Hilly-Billy-Look und hatten riesige Radios dabei. Sie tanzten mitten im

Schaufenster! Alle Passanten blieben stehen und staunten nicht schlecht. Aber das Beste war: Es kam gar keine Musik aus den Radios. Sie bewegten sich alle unterschiedlich im gleichen Takt. Mir ist es bis heute ein Rätsel, wie die das ohne Musik hinbekommen haben.

Da ich im Moment etwas knapp bei Kasse bin und im Waschsalon waschen nicht gerade billig ist, fahre ich lieber zu Tante Frieda, wasche umsonst und komme noch in den Genuss ihrer Backkünste. Das kann sie wirklich gut!

»Schau, da isse ja«, sagte Tante Frieda und zeigte aus dem Fenster. Da stand Frau Jahn mit einer riesigen dunkelgrünen Gießkanne und goss die Blumen im Vorgarten.

»Besonders traurig scheint sie nicht zu sein«, bemerkte ich. In meiner Vorstellung hatten trauernde Witwen schwarze Kleidung an. Frau Jahn trug kein Schwarz. Sie war so angezogen wie immer: eine bequeme Dreiviertel-Hose in Blau und ein weißes Oberteil mit irgendwelchen Verzierungen und diese Holzschlappen, bei denen sie immer die Fußzehen so weit herausschob, dass diese in der Luft schwebten.

Während ich mich mit dem Apfelkuchen vergnügte und Frau Jahn beobachtete, war Tante Frieda in die Waschküche gegangen und rief nun von unten, dass der Trockner endlich fertig sei und sie mir den Rest meiner Wäsche bis Sonntag waschen würde. Ich könne ja zum Mittagessen kommen. Na, diese Einladung nahm ich gerne an!

Tante Frieda begleitete mich durch ihren gepflegten Vorgarten und hielt mir das kleine Tor zur Straße auf, damit ich mit dem beladenen Wäschekorb durchkam. Während Tante Frieda mit Amsel, ihrem betagten Rauhaardackel, um die Ecke bog, lud ich den Wäschekorb in mein kleines, altes, verbeultes Auto. Frau Jahn war immer noch in ihrem Vorgarten beschäftigt und zupfte vertrocknete Blüten ab. Als sie mich sah, winkte sie mir zu und rief fröhlich »Hallo« zu mir rüber.

Ihr Verhalten irritierte mich, aber ich wusste, was sich gehörte, und überquerte die Straße. »Guten Tag, Frau Jahn. Meine Tante hat mir gesagt, was passiert ist. Mein Beileid.« Ich drückte ihr die Hand, sah in ihre blauen Augen, betrachtete ihren blonden Kurzhaarschnitt und überlegte mir, ob die Haarfarbe in ihrem Alter eigentlich noch echt sein könnte. Verneinte es in Gedanken, befand aber, dass sie nichts von ihrer jugendlichen Ausstrahlung eingebüßt hatte.

»Tante Frieda sagte mir, die Polizei sei da gewesen. Wieso eigentlich?«

»Die kommen immer, wenn jemand so plötzlich stirbt.«

Aha. »Wie ist er denn gestorben?«

Frau Jahn setzte plötzlich eine bedauernde Miene auf. »Einfach so im Schlaf! Mensch, Lenchen, ich hab's ja erst gar net gemerkt! Ich dachte noch, meine Güte, was schläft der denn so lange! Bin schon mal runter in die Küch', hab Kaffee gekocht und les die Zeitung. Na, irchendwann bin ich dann doch hoch und wollt ihn wecke. Lenchen! Der war schon ganz kalt und steif!«

Lenchen hatte sie mich als Kind genannt. Nun war ich

siebenunddreißig und Lenchen reichlich unpassend, fand ich zumindest.

»Oh, meine Güte! Frau Jahn!«, rief ich voller Mitleid. »Das muss ja furchtbar für Sie gewesen sein!«

Irgendwie hatte ich den Eindruck, dass Frau Jahn die ihr zugeteilte Aufmerksamkeit in vollen Zügen genoss und sie das schreckliche Geschehen auch noch zusätzlich ausschmückte.

»Ja, ja, Lenchen, der Notarzt meinte, der wäre schon mindestens vier bis fünf Stunden tot. Stell dir des ehmal vor: Ich hab die ganze Nacht neben einem Toten gelegen!«

Ich fand das irgendwie unpassend. Sie redete, als wäre es irgendein Toter und nicht der gute Herr Jahn, mit dem sie ihr Leben verbracht hatte.

»Ja, und der Notarzt, der hat die Polizei gerufen, weil, der Erwin war ja erst dreiundsechzig. Mit zwei Streifenwagen kamen die! Ganz nette Männer waren des. Dene hab ich Kaffee gekocht, und dann sind se wieder gefahren. Aber was für eine Uufrechung in der Straße war, kannste dir ja denke. Zwei Streifenwagen! Die ganze Nachbarn kame angelaafe.«

Frau Jahn gab sich große Mühe, hochdeutsch zu sprechen, aber ihr Hessisch kam spätestens nach drei Sätzen voll durch.

»Kommst du zur Beerdigung? Am Freitag um elf. Danach zum Mittagessen ins Clubhaus. Ich hab schon reserviert. Was ein Glück, dass die noch Platz für mich hatten! Der Laden brummt, sach ich dir! Die Frau, vorne von der Ecke, hat die Konfirmation ihrer Tochter dort gefeiert. Also, die war sehr zufrieden.«

Frau Jahn plauderte so munter, als ob es um eine Einladung zu einer Geburtstagsfeier ging und nicht um eine Beerdigung.

Ich mag keine Beerdigungen, aber das in Aussicht gestellte Mittagessen im Clubhaus ließ meine Abneigung unterdrücken. Wie schon gesagt, ich bin gerade knapp bei Kasse.

»Natürlich! Ich möchte gerne dem Erwin die letzte Ehre erweisen!«, heuchelte ich. Obwohl ich Herrn Jahn niemals geduzt hatte, erschien es mir natürlicher, ihn beim Vornamen zu nennen.

Frau Jahn klärte mich noch auf, dass Erwin in Wachenbuchen beigesetzt würde. Der Stadtteil Hohe Tanne habe schließlich früher mal zu Wachenbuchen gehört und nicht zu Hanau. Aber leider auf dem neuen Friedhof, fügte sie noch bedauernd hinzu, der alte Friedhof, der ja viel schöner läge, nämlich direkt an der Kirche, wäre voll.

Nachdem ich mich von Frau Jahn verabschiedet hatte, fuhr ich über die Hanauer Landstraße und den Kaiserlei-Kreisel zurück nach Sachsenhausen. Die ganze Innenfläche des Kreisels erstrahlte in dem Gelb von Hunderten oder gar Tausenden Sonnenblumen. Wer auch immer diesen Einfall gehabt hatte, das war wirklich mal eine wunderschöne Idee. Volle, satte Sonnenblumen, die sich immer nach der Sonne drehten. Ich freute mich darüber und fuhr gut gelaunt die Uferstraße entlang, vorbei an der Gerbermühle, in der schon Goethe ein und aus gegangen war.

Dort, wo früher mal der Schlachthof war, ist ein neues Viertel entstanden. Tolle Wohnungen am Main, die ich mir wahrscheinlich niemals leisten kann.

Als ich endlich in die Brückenstraße einbog, seufzte ich entnervt. Wegen der vielen Apfelwein-Kneipen war es schon immer schwierig, einen Parkplatz zu finden, aber nun ist meine Straße ein Treff der Mode-Szene geworden. Eine Boutique nach der anderen hatte eröffnet. Modedesigner versuchen hier, für ihre unbezahlbaren Klamotten Kundschaft zu finden. Seitdem mache ich mir Sorgen, dass meine günstige Miete steigen wird und ich mir eine billigere Bleibe suchen muss. Jedenfalls ist es unmöglich, einen Parkplatz zu bekommen. Da nutzt es auch nichts, rechtzeitig den Wunsch nach einem Parkplatz an das Universum zu senden, wie mir meine Eso-Freundin immer weismachen will.

Nach vielen Runden fand ich schließlich eine Lücke in der Textorstraße und musste mit meinem Wäschekorb einige hundert Meter zurücklegen. Unterwegs kam mir eine aufgedrehte Mädchengruppe entgegen. Alle in den gleichen grellen neonpinkfarbenen T-Shirts mit dem Aufdruck *Letzte Chance* oder so ähnlich. Eine hatte eine Perücke mit langen wasserstoffblonden Locken und Krönchen auf. Das war also die Braut.

Diese Sitte, den Junggesellen- und Junggesellinnen-Abschied so zu feiern, war vor vielen Jahren noch eine Attraktion, und manche Gruppen ließen sich früher wirklich unterhaltsame Aktionen einfallen. Ich erinnere mich an eine Gruppe mit bunt geschmücktem Leiterwagen. Zu Flamenco-Musik, die aus dem Rekorder schallte, tanzten die Mädchen in langen, engen dunkelroten Kleidern mit üppigen schwarzen Volants und schenkten aus dem Fass auf dem Leiterwagen Sangria aus und Saft, damit auch die Kinder was von dem Spektakel hatten. Heute, habe ich das Gefühl, geht es nur noch ums schnelle Betrinken und den Verkauf von kleinen Schnapsfläschchen in Form von Spermien.

An den Wochenenden finde ich das Umherziehen grölender Gruppen nur noch lästig und unerträglich. Und, falls ich tatsächlich einen Mann finden sollte und heiraten würde – eins schwöre ich schon jetzt: Niemals würde ich mich in diese Tiefe begeben und auf diese Art meinen Junggesellinnen-Abschied feiern.

Ich schleppte meinen Wäschekorb vier Stockwerke über die alte, knarrende Holztreppe nach oben. Kaum hatte ich die Tür aufgeschlossen, klingelte mein Telefon. Tante Frieda. Sie wollte wissen, ob ich gut nach Hause gekommen wäre. Ich seufzte innerlich. Die kleine alte Frau war eigentlich mehr meine Mutter als meine eigene. Sie kümmerte und sorgte sich um mich, während meine Mutter irgendwo durch Indien reiste.

»Lena, jetzt sag doch mal deine Meinung zu Frau Jahn«, forderte sie mich auf, »du hast doch vorhin noch mit ihr gesprochen.«

## 2

Peter Bruchfeld knallte den Hörer auf die Station und brummte schlecht gelaunt vor sich hin. Erst vor ein paar Tagen war er zu einem Einsatz in die Hohe Tanne gerufen worden. Dort reihten sich schicke Villen aneinander, und außer ein paar Einbrüchen passierte dort nicht viel. Sein Schulfreund Andreas wohnte in der Hohen Tanne in einem Doppelhaus. Andreas hatte vor ein paar Monaten geheiratet, und seitdem wusste Peter Bruchfeld nicht, mit wem er am Abend Bier trinken sollte.

Seit seiner Scheidung im letzten Jahr fühlte er sich ziemlich einsam, ohne sich dies jedoch einzugestehen. Lediglich seine Kollegen nahmen die Veränderungen an ihm wahr: Er war zunehmend übellaunig, konnte sich über Kleinigkeiten aufregen, fast schon cholerisch raunzte er seine Kollegen an.

Und jetzt sollte er wieder in die Hohe Tanne zu einem Todesfall, der wahrscheinlich genauso natürlich war wie der vom Montag. Dabei wollte er heute pünktlich Feierabend machen, um in seiner kleinen Wohnung mal wieder Ordnung zu schaffen. Die Wohnung, in der er seit seiner Scheidung lebte, hatte es dringend nötig. Er war noch in Gedanken an seine Umzugskartons und Koffer versunken, aus denen er lebte, als die Tür aufging und sein Kollege Spörer hereinkam.

»Schon wieder ein Toter in der Hohen Tanne!«, knurrte der kleine, hässliche Mann. Peter Bruchfeld war es ein Rätsel, woher der Spörer das nun schon wieder wusste. Spörer sollte sich um jugendliche Straftäter kümmern. Er hatte nichts mit der Mordkommission zu tun und arbeitete in einer winzigen Kammer ganz hinten im Erdgeschoss des Gebäudes. Die ganze Polizeistation wusste um Spörers unerklärliche Vorbehalte gegenüber Jugendlichen aus den gutsituierten Haushalten der Stadtteile Wilhelmsbad und Hohe Tanne. Die jungen Leute dort waren nicht besser oder schlechter als die in allen anderen Stadtbezirken, aber Spörer nahm jeden Hinweis von Auffälligkeiten Jugendlicher, die aus diesen Stadtteilen kamen, so ernst wie ein Kapitalverbrechen. Hinweise auf trinkende Jugendliche aus anderen Gegenden, die lärmten oder sonst wie auffielen, schenkte er wenig Beachtung.

»Ich kann dir eine Liste mit Personen aus der Hohen Tanne geben, die du in diesem Zusammenhang überprüfen kannst!«, machte sich Spörer wichtig.

Peter Bruchfeld dachte, dass diese Personen bestimmt mal mit dreizehn beim Klauen von Wimperntusche oder mit fünfzehn beim Kiffen erwischt worden waren. Nicht gerade hilfreich.

Er griff zum Telefonhörer und sagte zu Spörer: »Ich hab noch ein wichtiges Telefonat; ich komme dann später zu dir.« Er schickte sich an, eine Nummer zu wählen. Spörer blieb noch eine Weile abwartend in der Tür stehen. Peter Bruchfeld verdrehte die Augen und blickte zu seiner Kollegin am Schreibtisch gegenüber. Die zuckte nur mit den Schultern und vertiefte sich wieder in ihren Papierkram. Als Spörer endlich die Tür von außen schloss, atmete Peter Bruchfeld auf.

»Der geht mir so was von auf den Sender. Komm, wir müssen los. Obwohl ich ja an nichts Außergewöhnliches glaube.«

»Und dein wichtiges Telefonat?«, meinte Bärbel König grinsend.

«Das, mein Schatz«, säuselte Peter Bruchfeld ausnahmsweise mal gut gelaunt, »führe ich später.«

Kurze Zeit danach saßen Peter Bruchfeld und seine junge, aber routinierte Kollegin in einem unauffälligen 3er BMW aus dem Polizei-Fuhrpark. Er mochte es, mit Bärbel König zusammenzuarbeiten. Sie hatte eine ruhige, besonnene Art, und ihre Gelassenheit, gepaart mit einer guten Portion Humor, strahlte positiv auf Peter Bruchfeld ab.

»Wohnt dein Freund noch hier?«, fragte Bärbel König, als sie schon fast am Einsatzort waren.

»Hm«, brummte Peter Bruchfeld, was wohl einer Zustimmung gleichzusetzen war. Bärbel König hatte ihren Kollegen früher oft in der Hohen Tanne abgeholt, denn der war eine Zeitlang nach seiner Scheidung und bevor sein Freund heiratete hier oft über Nacht geblieben.

»Wow, hier hat sich aber ganz schön was verändert!«, staunte Bärbel König. Sie starrte auf drei große Apartment-Häuser, die bei ihrem letzten Besuch in der Hohen

Tanne definitiv noch nicht dagestanden hatten. Früher, bevor diese Mehrfamilienhäuser gebaut worden waren, hatte es hier wunderschöne alte Villen mit großen Gärten und einem alten Baumbestand gegeben.

Bärbel erinnerte sich, wie sie davon geträumt hatte, in einer von diesen schönen Villen mit großem Garten zu leben. Sie malte sich in Gedanken die Einrichtung aus, gestaltete gedanklich einen Gemüsegarten mit Obstbäumen und phantasierte sich das Glück einer Familie herbei. Sie sah sich Marmelade einkochen und Obstkuchen backen. Hatte kleine Kinder auf der Schaukel und einen großen Hund vor ihrem inneren Auge, um die erträumte Idylle perfekt zu machen.

Peter Bruchfeld riss sie jäh aus ihren Erinnerungen an vergangene Träume und schimpfte los: »Da haben sich ein paar Bauherren die Taschen richtig vollgemacht. Die haben es sich zunutze gemacht, dass für die Hohe Tanne kein Bebauungsplan existierte. Als die Besitzer dieser Häuser starben, hatten es die Erben alle sehr eilig, die Villen zu verkaufen. Kannst du dich nicht mehr an den Skandal bei dem Grundstück vorne an der Hauptstraße erinnern?«

Ganz vage erinnerte sich Bärbel König, dass sich ein Mann an eine alte Eiche gekettet hatte, als das Haus abgerissen und der ganze alte Baumbestand gefällt werden sollte. Erst mit dieser Aktion wurde darauf aufmerksam gemacht, was mit diesem Stadtteil passierte.

»Ja, aber auf diesem Grundstück stehen doch auch vier neue Häuser!«, stellte Bärbel fest.

»Schon, aber nach der Aktion haben sich mal die Oberen zusammengesetzt und einen Bebauungsplan für diesen Stadtteil entwickelt. Seitdem werden hier zum Glück keine so großen anonymen Wohnblocks mehr hingestellt.«

»Aber die Eichen wurden nicht gerettet?«, hakte Bärbel nach.

Peter Bruchfeld schnaubte verächtlich durch die Nase. »Es finden sich doch immer Wege, Vorschriften zu umgehen. Während der gesamten Bauzeit sind diese besonders schönen prächtigen Eichen stehengeblieben – nur leider verloren diese Bäume einen Ast nach dem anderen. Kann ja schon mal passieren bei den ganzen Baggern und Kränen. Und am Ende waren die Bäume so geschädigt, dass sie nicht mehr erhaltungswürdig waren.«

»Wie ist denn die Frau von deinem Freund?«, fragte Bärbel, um das Thema zu wechseln, weil sie spürte, dass die Stimmung ihres Kollegen zu kippen drohte.

»Wie soll sie schon sein?«, maulte Peter Bruchfeld.

Bärbel seufzte. Ihr Kollege machte es ihr wirklich nicht leicht.

Sie parkten den Wagen und wunderten sich, weil sie die Ersten waren. Normalerweise waren die Kollegen von der Streife vor ihnen da und sicherten den Tatort.

»Die werden beim Metzger hängengeblieben sein und sich ihr Abendbrot holen«, brummte Peter Bruchfeld.

»Wollen wir nicht besser warten?«, fragte Bärbel, die sich gerne an Vorschriften hielt.

»Quatsch, wir gehen jetzt rein und schauen, was los ist«, bestimmte Peter Bruchfeld, und beide gingen mit raschen, festen Schritten zu einem alten Haus am Ende der Straße.

Die Lage ist ja einmalig, dachte Bärbel, direkt am Waldrand. Aber das Haus schien so gar nicht zu den gepflegten Nachbarhäusern zu passen. Das Tor stand offen. Das Namensschild an der Klingel war unleserlich, der Garten verwildert. Bärbel König überprüfte nochmals die Hausnummer.

»Hier muss es sein«, bestätigte Peter Bruchfeld. Auf der Fensterbank standen leere Hundefutterdosen, und dreckige, leere Näpfe neben überquellenden Aschenbechern auf der alten Steintreppe, die zur offenen Haustür führte. Auf dem alten, wackeligen Geländer hingen achtlos nasse Sweatshirts, und ein paar Turnschuhe, wie eben ausgezogen, standen vor der Tür.

Peter Bruchfeld rief mit seiner tiefen, sonoren Stimme durch die offene Tür: »Hallo? Polizei!«

Von innen war kein Ton zu hören. Peter Bruchfeld und seine Kollegin blickten sich nur ganz kurz in die Augen, beide nickten fast unmerklich und zogen ihre Dienstwaffen aus dem Holster. Schutzwesten waren bei jedem Einsatz Vorschrift, und Bärbel war froh darüber, obwohl sie immer über die Westen schimpfte. Erstens war es umständlich, diese Dinger anzulegen, zweitens waren die Blusen, die sie immer sorgfältig bügelte, danach so zerknittert, dass wiederum nur Waschen und Bügeln half. Und bei der momentanen Wetterlage – eines schwülen Sommers mit besonders hoher Luftfeuchtigkeit – waren die Westen unerträglich.

Peter Bruchfeld stieß mit dem Fuß gegen die offenstehende Tür, die sich aber nicht weiter öffnete, weil irgendetwas hinter der Tür klemmte. Er zwängte sich durch den Türspalt und rief nochmals. Einen kurzen Moment hielt er inne. Seine Augen mussten sich erst an die Dunkelheit im Haus gewöhnen. Er stand in einem kleinen, muffigen Windfang voller Klamotten, die auf Haken an der Wand hingen. Von dort ging es weiter in einen engen vollgestellten Flur. Peter Bruchfeld konnte nur ungenaue Umrisse erkennen. Alte Zeitungen, Mäntel, Jacken, Tüten voller Müll, leere Bierflaschen, Schuhe lagen herum, und ein großer Hundekorb, vollgestopft mit fleckigen und zerrissenen Decken.

Der Flur führte in einen großen Raum, der, soweit es die verschmierten Fenster zuließen, über gute Lichtverhältnisse verfügte. Rechts vom Flur war eine angelehnte Tür, die Peter Bruchfeld mit einem leichten Fußtritt aufstieß. Ganz ruhig und konzentriert hielt er seine Waffe in den Händen. Alle vorgeschriebenen Schießübungen absolvierte er immer mit hervorragenden Ergebnissen. Zum Glück hatte er noch nie auf einen Menschen schießen müssen, und er betete darum, dass dies auch niemals der Fall sein möge.

Die nunmehr offene Tür ließ den Blick in eine völlig verdreckte Küche zu. Schmutziges Geschirr stapelte sich, Töpfe mit vergammelten Resten standen auf einem schmutzigen Herd, in der Ecke überquellende Plastiktüten mit Müll, überall offene Hundefutterdosen. Schillernde Schmeißfliegen brummten in der Küche, als wäre es ihr Reich.

Peter Bruchfeld betrat die Küche, sah in alle Ecken

und dann zu seiner Kollegin, die mit entsicherter Waffe in der Tür stehen geblieben war. Auch Bärbel König war hochkonzentriert. Sie hätte jede Bewegung, ob im Haus oder in dem verwilderten Vorgarten, sofort registriert.

Es war unheimlich still. Die Vögel zwitscherten im Wald, ein leichtes Sirren und Brummen von Insekten lag in der Luft. Aber sonst war niemand zu sehen oder zu hören. In der Ferne donnerte ein Güterzug vorbei. Dann war es wieder ruhig.

Nachdem Peter Bruchfeld auch das Wohnzimmer inspiziert hatte, sah er seine Kollegin an und nickte in Richtung einer dunklen, geschlossenen Holztreppe nach oben. Bärbel nickte zurück, und dann gingen sie die Treppe hoch. Einer sicherte immer mit dem Blick nach oben und unten, während der andere ein paar Stufen erklomm. Sie waren ein eingespieltes Team und konnten sich hundertprozentig aufeinander verlassen.

Oben angekommen, empfing sie der gleiche Anblick wie unten. Eine unglaubliche Unordnung. Trotz zugezogener, altmodischer Vorhänge schaffte es die Sonne, ein paar Strahlen durch die Fenster zu schicken, so dass man den flirrenden Staub in der Luft sah. Auch hier roch es muffig.

Peter Bruchfeld und Bärbel König verschafften sich schnell einen Überblick. Zwei Schlafzimmer mit ungemachten Betten, zusätzliche Schlafsäcke, ein unordentliches Badezimmer, jede Menge Kleider, die auf den Betten, Stühlen und Kommoden lagen. Aber keine Menschenseele. Auch nicht der angekündigte Tote.

Zurück im Garten, gingen beide hinter das Haus. Die

Einfahrt der beiden Garagen war zugewuchert, und der alte weiße Opel sah nicht so aus, als wäre er in letzter Zeit bewegt worden. Verdorrtes Gras, keine Blumen, Büsche oder Bäume wie in den anderen Gärten. Ein kleines Stück war nur oberflächlich umgegraben worden, wie Bärbel König gleich kontrollierte. Schaufel und eine Harke lagen noch auf der Erde. Am Haus stand ein alter roter Benzinkanister. Sonst nichts.

Die beiden gingen zurück auf die Straße und setzten sich in den BMW.

»Erst mal die Zentrale fragen, wer wann mit welcher genauen Meldung angerufen hat«, erklärte Peter Bruchfeld.

»Wir müssen das dem Staatsanwalt melden und fragen, ob wir eine Hausdurchsuchung machen sollen«, erwiderte Bärbel König.

»Erst mal abwarten«, knurrte Peter Bruchfeld.

# 3

Frieda Engel kam aus dem kleinen Waldstück auf dem Trampelpfad, der auf ihre Straße führte. Amsel, ihren Rauhaardackel, führte sie an der Leine. So alt, wie Amsel auch war, sein Jagdtrieb war noch nicht verlorengegangen. Und so manches Mal hatte sie ihren Hund schon suchen müssen, wenn er Witterung von einem Fuchs oder einem Wiesel aufgenommen hatte. Dann war er nicht mehr zu halten.

Frieda Engel stutzte, als sie vor dem verwahrlosten Haus einen dunkelblauen BMW stehen sah. Sie erkannte zwei Personen, die bei der Hitze im Wagen saßen und sich unterhielten. Sofort schrillten bei Frieda Engel alle Alarmglocken. Im Frühjahr war ihr schon mal ein unbekanntes Fahrzeug in ihrer Straße aufgefallen. Damals hatte ein Mann lange im Wagen gesessen, bevor er ausgestiegen und die Häuser mit großem Interesse betrachtet hatte. Als er weg war und Frieda mit dem Fahrrad in die Stadt zum Einkaufen fuhr, war bei ihren Nachbarn eingebrochen worden. Seitdem war Frieda auf der Hut.

Sie drehte um und zerrte Amsel hinter sich her. Der Dackel, der in freudiger Erwartung seines Heimes, eines gefüllten Fressnapfes und seines verdienten Schläfchens nun gar nicht verstand, warum sein Frauchen kurz vor dem Haus umkehrte, machte alle vier krummen Beinchen steif und stemmte sich gegen den Zug der Leine.

»Amsel«, herrschte Frieda Engel den Hund an. »Das nutzt dir gar nix, wenn du den Asphalt aufschiebst.« Frieda Engel lief also an dem blauen BMW vorbei und versuchte sich die Personen da drinnen genau einzuprägen. Dann ging sie ins Haus und rief ihre Nichte Lena an.

# 4

Als mich Tante Frieda anrief, saß ich gerade an meinem Mac und versuchte mich an einem neuen Logo für die Apotheke an der Ecke. Ich hatte mich definitiv zum falschen Zeitpunkt selbständig gemacht. Nach meinem Studium hatte ich gleich eine Festanstellung in einer Werbeagentur bekommen. Irgendwann schlugen mir die vielen Überstunden und die miserable Bezahlung zu sehr aufs Gemüt, und ich machte mich mit einem Graphikdesign-Büro selbständig. Während es am Anfang noch prächtig lief, brach das Geschäft seit der Jahrhundertwende immer mehr ein. Mittlerweile wusste ich nicht mehr, wie ich die Miete bezahlen sollte. Ich war froh über jeden kleinen Auftrag. Wie den für die Apotheke, für ein Briefpapier, das immer weniger zum Einsatz kommt. Ich seufzte resigniert.

Meine kleine, verhutzelte Tante Frieda berichtete mir von ihren Beobachtungen. Seit den Einbrüchen im Frühjahr witterte sie hinter allem und jedem ein Verbrechen. Jetzt waren plötzlich harmlose Insassen eines BMW Verbrecher. Na, immerhin achtet sie mittlerweile auf Automarken, dachte ich belustigt. Sogar, dass es ein 325i war, wusste sie. Es dauert nicht mehr lange, dann trumpft sie noch mit Baujahr und technischen Einzelheiten auf.

»Der Andreas hat doch einen Freund bei der Polizei, geh doch rüber zu dem«, schlug ich vor und biss mir dabei auf die Lippe. Ein tiefer Schmerz stach mitten in mein Herz. Immer noch, dachte ich verbittert. Andreas hatte ich kennengelernt, als sich Tante Frieda den Knöchel verstaucht hatte und ich mit Amsel durch die Hohe Tanne spazieren gehen musste. Zu dieser Zeit hatte ich noch ganz gut zu tun, und ich war ziemlich genervt, wenn ich um 18 Uhr meine Arbeit liegenlassen musste, um in die Hohe Tanne zu fahren. Am Morgen ging die Nachbarin kurz mit dem Hund, mittags ließ Tante Frieda Amsel in den Garten. Sie bestand aber darauf, dass der Hund einmal am Tag ordentlich laufen müsste. Das war meine Aufgabe.

Andreas ging immer zur gleichen Zeit mit seinem Husky durch den Staatspark Wilhelmsbad. Als ich ihn das erste Mal an der Ruine sah, machte mein Herz schon einen Sprung. Von ihm ging so etwas Besonderes aus. Er hatte einen sanften Blick, aber dennoch männlich-herb, ein bisschen verwegen vielleicht. Gerade so, dass ich am liebsten hätte hinsinken wollen. Na ja, bin ich natürlich nicht, sondern lief mit teilnahmsloser Miene an ihm vorbei. Am nächsten Tag war ich schon nicht mehr so genervt, als ich in die Hohe Tanne fahren musste. Eine kribbelige Spannung befiel mich, als ich im Park um den See lief, immer Ausschau haltend nach dem Mann mit dem Husky. Und dann sah ich ihn! Machte auf dem Absatz kehrt, ging in die andere Richtung um den Weiher, so dass wir uns begegnen mussten. Diesmal lächelte ich ihn zaghaft an.

Am Tag danach hörte ich bereits eine Stunde früher mit der Arbeit auf, duschte, stylte meine Haare, schminkte mich – was ich sonst selten tat und schon gar nicht zum Hundespaziergang –, wählte sorgfältig gutsitzende Klamotten und machte mich aufgeregt auf den Weg. Ich sah ihn im Park, wie er gerade den Weg hinter dem Comoedien-Haus einschlug, zerrte Amsel hinter den Arkadenbau und lief eilig zum Einsiedler. Mein Herz pochte aufgeregt, und meine Atmung ging flach und schnell. Ich hatte Glück, er kam mir auf dem Waldweg entgegen. Beschwingt grüßte ich ihn. Wahrscheinlich habe ich ihn angestrahlt wie ein Schulmädchen. Er lächelte mich nämlich leicht spöttisch an. Sicherlich war er gewohnt, dass ihn alle Frauen wie verliebte Teenager anhimmelten.

Jedenfalls fragte er mich, ob der kleine Dackel nicht die Amsel von der Frieda Engel sei. Seine tiefe Stimme war wie ein warmer Sommerregen, so behaglich, so schnurrend! Ich versank in seinen braunen Augen und war gar nicht fähig zu antworten. Totale Blutleere im Kopf oder so ähnlich. Als er fragend die Augenbrauen hob und mir dabei aufmunternd zunickte, stammelte ich irgendwas zusammen.

Aber am nächsten Tag, es war ein Freitag, fragte er mich, ob ich am Samstag auch kommen würde, um Amsel Gassi zu führen. Er lud mich zum Kaffee ein! Oh, wie ich mich freute! Ich konnte die ganze Nacht nicht schlafen. Ich war rettungslos in ihn verknallt. Den ganzen Samstag tanzte ich durch meine Wohnung, legte mich in die Badewanne, rasierte jedes noch so kleine Haar an den Beinen, machte Pediküre und Maniküre, eine Haarkur, legte eine Gesichtsmaske auf. Stand lange vor dem Kleiderschrank und suchte andere Kleider als an den Vortagen aus – wie lächerlich! – und probierte meine aktuellen drei Paar Schuhe im Wechsel dazu aus.

Wir trafen uns mit den Hunden, gingen zusammen über die Wiese und wieder zurück. Als wir den Weg zu seinem Haus einschlugen, war ich gespannt: Wenn er versuchen würde, mich zu küssen, sollte ich mich zieren oder gleich aufs Ganze gehen? Mir war eher nach Letzterem zumute.

Der Kaffee in seinem Haus kam aus einer schicken Kaffeekapsel-Maschine. Dazu schäumte er die Milch in einem extra Gerät auf. Das kam mir alles so unglaublich luxuriös vor. Lifestyle eben. Es gab Kekse, und schon die Verpackung war so exklusiv, dass ich mich kaum traute zuzugreifen. Die Unterhaltung verlief eher schleppend. Was aber an mir lag. Ich war nicht so locker und witzig, wie ich gerne gewesen wäre. Deshalb verschwand ich nach der Tasse Kaffee mit der Ausrede, ich hätte noch so unglaublich viel zu arbeiten ... Natürlich habe ich auch in dieser Nacht nicht geschlafen. Wie kann man nur so dämlich sein und das erste Treffen so verbaseln?

Er lud mich am Sonntag bei unserem üblichen Hunde-Treffen tatsächlich für den Montag zum Feierabend-Bier ein! So furchtbar kann ich also doch nicht gewesen sein. Gut gelaunt bei Frieda angekommen, sagte sie mir, sie benötige meine Dienste nicht mehr. Ihr Knöchel wäre verheilt, und sie könne wieder laufen.

Trotzdem fuhr ich jeden Abend nach Hanau in die Hohe Tanne, um mit Andreas und seinem Husky, ohne Amsel, ohne Tante Frieda, spazieren zu gehen. Danach gab es ein Feierabend-Bier, meistens mit einem Freund von Andreas, ein Kriminaler, der regelmäßig dazukam. Aber mehr Avancen machte Andreas mir nicht. Und ich war gehemmt, um ranzugehen. Verstand er meine Signale nicht? Meine Eso-Freundin mahnte mich zur Geduld. In unserem Alter ginge das nicht mehr so schnell, er wolle mich sicher nur besser kennenlernen, weil er es ernst mit mir meine.

Jeden Abend, wenn ich auf der Hanauer Landstraße im Feierabend-Verkehr im Stau stand, platzte ich beinahe vor Spannung. Dieses Flattern im Bauch, das Herzklopfen. Zu dieser Zeit war ich nicht mehr zurechnungsfähig. Erst am darauffolgenden Wochenende lud ich ihn ein, mit mir zusammen in die Apfelweinkneipe an der Ecke zu gehen. Auch, weil ich mit ihm alleine sein und nicht immer diesen schweigsamen, depressiven Bullen dabeihaben wollte. Nach dem Essen begleitete er mich nach Hause, nahm die Einladung in meine Wohnung aber nicht an. Dabei hatte ich den ganzen Tag aufgeräumt, geschrubbt, frische Blumen gekauft und sogar das Bett frisch bezogen. In meinem CD-Player hatte ich Mayer Hawthorne eingelegt, so dass ich nur noch auf den »Play«-Knopf hätte drücken müssen. Champagner war kalt gestellt und zwei Gläser auf dem Tisch, außerdem hatte ich mir zarte Dessous zugelegt. Ich hatte alles perfekt geplant und mir eine phantastische Nacht mit Andreas ausgemalt. Er brachte mich bis zur Haustür, und wir knutschten kurz heftig, dann strich er mir durch die Haare, lächelte mich an und sagte, er müsse nach Hause. Das war es. Ich wartete drei Tage auf einen Anruf, der nicht kam. Dann rief ich ihn an. Er war sehr kurz angebunden und teilte mir mit, dass er keine Zeit mehr für Spaziergänge und Feierabend-Bier hätte.

Ein paar Mal fuhr ich zu der gewohnten Zeit in die Hohe Tanne und lief mit Frieda und dem Dackel hoffnungsvoll durch Wilhelmsbad, aber ich habe ihn nicht mehr getroffen. Keine Ahnung, wann und wo er mit seinem Hund laufen ging.

Vier Wochen später heiratete er diese Schlampe. Eine aufgedonnerte Blondine mit hochhackigen Pumps, knallengen Klamotten, die ihr Doppel-D so richtig zur Geltung brachten. Als ich mich bei meiner Eso-Freundin ausheulte und über diese Frau lästerte und schimpfte, bekam ich nur zu hören: »Schlampe oder so was darfst du nicht sagen. Dein Unterbewusstsein weiß doch nicht, dass du jemand anderen meinst, und denkt, das sagst du zu dir. Das ist ganz schlecht fürs Karma.« Seitdem erzähle ich meiner Eso-Freundin nichts mehr. Das ist noch viel besser für mein Karma.

Andreas wohnte in einem großen Doppelhaus in der Parallelstraße von Tante Frieda. Wir hatten mittlerweile 17 Uhr vorbei, und mit etwas Glück war er bereits zu Hause, versuchte ich betont locker, meine Tante zu beruhigen. Andreas würde Tante Frieda schon davon abhalten, sich bei der Polizei mit der Meldung auf unbekanntes Fahrzeug mit Insassen in ihrer Straße lächerlich zu machen.

Ich überlegte kurz, ob ich Andreas vorwarnen sollte, mit welchem Anliegen meine Tante gleich bei ihm aufkreuzen würde, verwarf den Gedanken aber sofort wieder. Nie im Leben rufe ich den noch mal an, dachte ich und trat verärgert gegen die Wand. Diese Stelle war schon ziemlich ramponiert von meinen vielen Tritten.

Dann machte ich mich wieder an meine Arbeit. Unkonzentriert, denn meine Gedanken schweiften immer wieder zu Andreas und Tante Frieda. Etwas Brauchbares für das Apotheken-Briefpapier würde mir sowieso nicht mehr einfallen, also zog ich meine ausgebeulte Jogginghose aus, Jeans an und machte mich auf die Suche nach dem Autoschlüssel. Nicht dass ich grundsätzlich alles verlege, eigentlich nur die Dinge, die ich justament brauche, so wie Schlüssel eben oder das Handy oder Haargummis oder den Geldbeutel. Beim Suchen nach dem Schlüssel fiel mir die Beerdigung ein, die morgen stattfinden sollte. Ich kramte noch ein paar schwarze Klamotten zusammen, mit denen man sich auf einer Trauerfeier sehen lassen konnte. Den Entschluss, heute Nacht bei Tante Frieda zu schlafen, hatte ich bereits gefasst. Sie würde sich sehr freuen, genauso wie ich. Vor allem wegen der Aussicht auf ein ordentliches Abendbrot.

Als ich vor Tante Friedas Haus parkte, staunte ich nicht schlecht: Aus dem Haus gegenüber kam die aufgedonnerte Blondine von Andreas rausgestöckelt. Sie blieb zwei Stufen unter Frau Jahn stehen, hatte damit dieselbe

Größe und verabschiedete sich mit Bussi links und Bussi rechts. Über den Gegensatz von diesen Schuhen mit roter Sohle und den freischwebenden Zehen in ausgelatschten Holzpantoffeln von Frau Jahn musste ich grinsen. Was will diese Schlampe von Frau Jahn, dachte ich und machte mir im gleichen Moment Sorgen, ob mein Unterbewusstsein gedachte Schimpfworte auch aufnimmt oder nur gesprochene Worte. Ich nahm mir vor, meine Eso-Freundin diesbezüglich doch noch mal zu befragen. Wer weiß, wozu es gut ist.

Als Frau Jahn wieder im Haus verschwunden und die Blonde um die Ecke gebogen war, stieg ich aus und klingelte bei Tante Frieda.

# 5

Peter Bruchfeld und Bärbel König erfuhren wenige Minuten nach ihrem Anruf in der Zentrale, dass eine Dame den plötzlichen Tod eines Mannes mit der Adresse des verwahrlosten Hauses gemeldet hatte. Anschluss unbekannt, was bei alten Anschlüssen, bei denen oft noch ein altmodisches Tastentelefon angeschlossen war, üblich ist. Die Rufnummer, welche die Zentrale routinemäßig erfragt, stellte sich jedoch als falsch heraus. Eine Streife wurde gar nicht erst losgeschickt, und dass die Kripo schon verständigt war, hatte die Zentrale nicht mehr auf dem Schirm.

»Ein blöder Scherz«, brummte Peter Bruchfeld.

»Trotzdem, mir gefällt das nicht«, wandte Bärbel König ein.

»Mir hat das Haus auch nicht gefallen! Aber es ist weder strafbar, in Müll und Gestank zu leben, noch die Haustür offen stehen zu lassen. Da hat vielleicht irgendjemand von den ehrenwerten Leuten, die hier leben, angerufen, weil das Haus nicht in ihre Vorstellung passt!«

»Peter, überleg doch mal«, erwiderte Bärbel leise, um ihren aufbrausenden Kollegen zu besänftigen. »Warum sollte da jemand einen Toten melden? Wenn jemanden die Verwahrlosung stört, würde man das Ordnungsamt oder den Tierschutz anrufen. Hier stimmt was nicht. Wir können überprüfen, wem das Haus gehört und wer hier gemeldet ist.«

»Tu, was du nicht lassen kannst. Für mich gibt es hier keinen Grund, irgendwas zu ermitteln, und jetzt fahr zurück. Ich habe noch was anderes zu tun, als hier in der Hitze rumzuhocken.«

Bärbel holte tief Luft, startete den Motor und fuhr Richtung Freiheitsplatz zur Dienststelle zurück.

»Wir hätten die Frau mit dem Dackel fragen können, ob ihr was aufgefallen ist«, überlegte Peter Bruchfeld laut.

»Dazu ist es jetzt zu spät, und alte Damen muss man nicht erschrecken«, raunzte Bärbel nun ärgerlich zurück.

Bärbel parkte den BMW auf dem Hof und ging aufs Revier, während Peter Bruchfeld direkt zu seinem Auto lief und nach Hause fuhr.

Bärbel schaute ihm nachdenklich hinterher. Wenn mit dem nicht bald was passiert, wird er ganz unerträglich, dachte sie. Sie nahm sich vor, mit ihm in einer ruhigen Stunde, wenn er ausnahmsweise mal gut gelaunt und zugänglich war, ein ernstes Wort zu reden. Die meisten Kollegen in ihrem Team fanden jetzt schon, dass Peter eine Zumutung war und er alle mit seiner schlechten Laune demoralisierte.

Als sie in ihr Büro ging, war die Nachtschicht bereits da und erwartete ihren Bericht. Ein neuer junger Kollege, frisch von der Polizeischule und etwas ungelenk, saß auf dem Platz von Peter Bruchfeld und sortierte die zurückgelassene Unordnung. Er hatte blonde widerborstige Haare, die er mit viel Gel in einen akkuraten Seitenscheitel zwang. Seine Haut war fleckig-rot von einer heftigen Akne.

»Herrn Bruchfeld können wir wohl nicht zur Übergabe erwarten?«, fragte er Bärbel König etwas gestelzt.

»Nein, der hatte noch einen dringenden Termin«, log Bärbel für ihren Kollegen. Sie schaute zu Katrin, eine Kollegin ohne Familie, die schon lange bei der Kripo war und sich vornehmlich für die Nachtschichten meldete.

»Auf mich wartet niemand«, hatte sie Bärbel einmal in einer ruhigen Nacht gestanden, »bevor ich einsam zu Hause hocke und ins Grübeln komme, arbeite ich lieber!«

Ansonsten wurde von Josef Geppert, dem Chef, sorgfältig darauf geachtet, dass die Dienstzeiten gerecht aufgeteilt wurden. Zurzeit war Geppert bei einer Fortbildung in Kassel. Sonst war er stets bei den Übergabegesprächen am Morgen und am Abend, wenn die Schicht wechselte, dabei. Wahrscheinlich schwänzte Peter Bruchfeld deshalb.

Bärbel zog sich einen Stuhl zum Schreibtisch und holte sich eine Flasche Wasser aus ihrem Rucksack, der noch in der Ecke stand. Sie berichtete ihren beiden Kollegen von ihrem Gefühl, dass bei der Meldung eines Toten, der sich aber nicht in dem verwahrlosten Haus befand, etwas nicht stimmte.

Der blonde Jüngling sah Bärbel einen Moment schweigend an, notierte sich die Adresse und fing an, in die Computertastatur zu hacken. Er starrte auf den Bildschirm und sagte eifrig und altklug, ohne aufzublicken:

»Frau König, machen Sie Feierabend. Meine Ergebnisse werden morgen auf Ihrem Schreibtisch liegen.«

Bärbel blickte etwas verblüfft zu Katrin, die nachsichtig lächelte, mit dem Kopf zur Tür deutete und die Hand zum Abschiedsgruß hob.

# 6

Tante Frieda war gerade dabei, ein Stück Rindfleisch, umgeben von kleingeschnittenen Möhren, Lauch und Sellerie, mit Rotwein und Rotweinessig zu begießen. »Dazu noch die Gewürze und ein Stückchen Soßen-Lebkuchen. Das wird ein feiner Sauerbraten für Sonntag!«, freute sie sich.

Bei dem Gedanken lief mir schon jetzt das Wasser im Mund zusammen. »Dazu mach ich fei Klöß«, sagte Tante Frieda augenzwinkernd, um auf ihre fränkische Herkunft anzuspielen. »Aber ich bin komplett mit Hessen assimiliert«, pflegte sie immer hinzuzufügen. Das kann ich – zumindest küchentechnisch – bestätigen. Tante Frieda beherrscht genauso eine einmalig gute Frankfurter Grüne Soße wie fränkische Blaue Zipfel.

Der marinierte Braten wurde abgedeckt und kam in den kühlen Keller, um bis Sonntag Aroma anzunehmen.

Frieda war vorhin tatsächlich um die Ecke zu Andreas gegangen, um ihn um Hilfe zu bitten. Er war noch nicht zu Hause gewesen, und als sie wieder zurückkam, war der verdächtige blaue BMW nicht mehr da. Und da hatte Frieda beschlossen, die Sache zu vergessen und sich lieber dem Sonntagsbraten zu widmen.

Ich erzählte ihr, wen ich gerade vor dem Haus von Frau Jahn gesehen hatte.

»Bist du noch immer eifersüchtig?«, wollte sie wissen.

Ich wurde rot wie ein Teenager und ärgerte mich, weil ich wirklich noch eifersüchtig auf die Frau von Andreas war.

»Ich habe es dir noch nicht erzählt, weil ich keine alten Wunden aufreißen wollte, aber die Frau war auch schon bei mir. Sie ist Immobilienmaklerin. Die hat bestimmt die Jahn gefragt, ob sie das Haus verkaufen will.«

Ich war sprachlos. Das hatte Frieda mir noch nicht erzählt. Andreas war seit seiner plötzlichen Heirat mit dieser aufgedonnerten Frau ein Tabu. Logischerweise hatten wir deshalb auch noch nie über seine Frau und über die Tätigkeit, mit der sie ihr Geld verdient, gesprochen. Über Andreas und mein Techtelmechtel mit ihm, von dem ich mir mehr erhofft hatte, wurde immer geschwiegen. Genaugenommen habe ich heute seinen Namen seit langer Zeit zum ersten Mal wieder genannt.

Während ich noch nach Worten suchte, plapperte Frieda weiter: »Und du, Liebes, gehst jetzt mal in die Waschküche und füllst eine Maschine, deine kleinen Fetzchen von Unterhosen traue ich mich nicht in die Kochwäsche zu geben. Die lösen sich beim Waschen sicher auf!«

Als ich wieder in Friedas gemütlicher Küche zurück war – sie hatte auf mein Anraten endlich diese hässliche Plastiktischdecke entsorgt –, setzten wir uns an einen blankgescheuerten Holztisch.

»Eigentlich ist das schon sehr komisch«, wunderte sich

Tante Frieda. »Herr Jahn wollte das Haus nie verkaufen. Er hat immer gesagt: Ich habe es mit meiner Hände Arbeit erschaffen, um darin zu leben, und ich will auch darin sterben.«

»Na ja, Tante Frieda, genau so war es doch auch.«

»Er ist noch nicht mal unter der Erde, und seine Frau spricht schon mit einer Maklerin? Kommt dir das nicht seltsam vor? Trauernd habe ich sie bis jetzt nicht gesehen.«

»Jeder geht mit seiner Trauer anders um, Tante Frieda.«

»Trotzdem, Lena, da stimmt was nicht. Herr Jahn war ja sehr leutselig und kam immer auf ein Schwätzchen rüber. Bis Sonntag war er putzmunter. Hatte noch Pläne, wollte das Dach neu decken lassen und hat sich schon Kostenvoranschläge für neue Fenster geholt.«

»Und die Frau Jahn?«, hakte ich nach.

»Du kennst sie doch, die ist immer sehr distanziert. Wir haben manchmal kurz übers Wetter gesprochen, wenn sich eine Begegnung nicht vermeiden ließ. Um das Haus und den Garten hat immer er sich gekümmert. Er hat auch jeden Samstag die Straße gekehrt, sie nie. Sie hat immer nur durch die Vorhänge geschaut, und wenn ich mit dem Erwin gesprochen habe, hat sie ihn unter irgendeinem Vorwand wieder zurückgepfiffen.«

»Glaubst du, sie hat was mit dem Tod von Herrn Jahn zu tun?«

»Ach, Lena, man darf doch niemanden verdächtigen«, seufzte Tante Frieda, »aber ja, ich glaube es.«

# 7

Bärbel König und Peter Bruchfeld trafen am Morgen zeitgleich an ihrem Arbeitsplatz ein. Der blonde Jüngling, bei dessen Frisur heute Morgen kein Seitenscheitel mehr zu sehen war, machte einen ausgeruhten und vitalen Eindruck.

»Ruhige Nacht heute, aber für Sie, Frau König, habe ich etwas«, sagte er vertraulich in Bärbels Richtung, ohne Peter Bruchfeld auch nur eines Blickes zu würdigen.

Bärbel nahm das zur Kenntnis. Ist ja auch kein Wunder, dachte sie. Der Neue hatte auch schon Bruchfelds schlechte Laune zu spüren bekommen.

»Ich habe etwas über das verwahrloste Haus, in dem gestern der Tote gemeldet wurde, in Erfahrung bringen können. Die Eigentümerin des Hauses ist vor zwei Jahren eines natürlichen Todes mit knapp sechzig Jahren gestorben. Ihr Sohn lebt im Ausland, in Mexiko, um genau zu sein.«

»Das haben Sie in der Nacht recherchiert? Respekt«, meinte Bärbel anerkennend.

»Hm, Mexiko.« Nachdenklich rieb sich Peter Bruchfeld sein Kinn. »Das lässt Raum für Spekulationen.«

»Wie wollen wir weiter vorgehen?«, fragte der neue Kollege eifrig nach.

»Wir werden heute versuchen herauszubekommen, wem das Haus nun gehört. Ich nehme an, dem Sohn. Die Frage ist, ob es ein Testament gab, ob er das Erbe angenommen hat, ob er zur Beerdigung hier war und so weiter. Darum kümmern Peter und ich uns heute«, erklärte Bärbel dem neuen Kollegen mit einem scharfen Blick auf Peter, der verriet, dass sie seine Zustimmung erwartete.

Doch Peter grunzte nur und murmelte etwas von Kaffee und Frühstück und verschwand wieder aus dem Raum.

Katrin hob die Augenbrauen. »Wie du das mit dem aushältst, ist mir ein Rätsel.«

Bärbel ließ sich nicht so schnell die Laune verderben. »Man muss ihn nur zu nehmen wissen!«, erwiderte sie leichthin. Sie warf ihren Rucksack in die Ecke und gab Katrin ein Zeichen aufzustehen, damit sie sich an den Schreibtisch setzen konnte, den sich die Tag- und die Nachtschicht teilten. Bärbel griff zum Telefonhörer und rief als Erstes die Friedhofsverwaltung an.

Der neue Kollege blieb sitzen und hörte aufgeweckt zu, sprang aber sofort auf, als Peter mit heißen Kaffeebechern balancierend eintrat, und machte ihm Platz.

# 8

»Zum Glück ist es heute bedeckt«, sagte ich zu Tante Frieda, als wir auf dem Weg zum Friedhof waren. »Eine Beerdigung in schwarzen Klamotten hätte ich bei strahlendem Sonnenschein und der Hitze nicht überlebt!«

Tante Frieda saß hellwach mit blitzenden Augen und bester Laune neben mir im Auto. Aufgeregt, ja fast euphorisch redete sie nun auf mich ein. Während unseres Frühstücks, das bei mir nur aus Kaffee besteht, hatte sie mich in Ruhe gelassen. Sie wusste um meine morgendliche Muffeligkeit. Ohne meine drei Tassen Kaffee war ich nicht in der Lage, etwas von mir zu geben, geschweige denn aufzunehmen.

»Also, ich habe mir die ganze Sache gestern Nacht im Bett noch mal durch den Kopf gehen lassen«, erklärte sie mir. »Gehen wir davon aus, dass Frau Jahn wirklich ihren Mann umgebracht hat, was genau war ihr Motiv und welchen Vorteil hätte die Frau von Andreas bei der Sache?«

»Nun«, sagte ich, »Frau Jahn hat das Haus für sich alleine. Ist das ein Motiv? Ist das wirklich ein Grund, seinen Mann zu töten? Und - mal ganz ehrlich - ich kann mir das beim besten Willen nicht vorstellen. Diese kleine, zarte Frau Jahn! Wenn man sein halbes Leben miteinander verbracht hat, bringt man sich doch nicht gegenseitig um die Ecke. Da würden doch nur noch Alleinstehende auf der Welt sein. Vielleicht hast du dich da in was reingesteigert.«

»Kann sein, Lena, kann aber auch nicht sein. Du findest das Benehmen von Frau Jahn auch merkwürdig. Und das Auftauchen der Maklerin so kurz nach dem Tod ist auch seltsam.«

Ich spürte, wie mein Herz schon zu rasen anfing, wenn ich nur an diese Blonde mit den hohen Hacken dachte. Der würde ich natürlich alles zutrauen. Trotzdem muss man gerecht bleiben, dachte ich. Immerhin verdient sie ihr Geld damit, Häuser zu vermitteln.

Frieda machte eine kleine Pause. »Lena«, fuhr sie dann eindringlich fort, »bei der Beerdigung werden wir die Augen offen halten. Wer mit wem redet, ob die Maklerin dabei ist, wie sich Frau Jahn benimmt. Wenn wir im Clubhaus zum Leichenschmaus sind, müssen wir so viel wie möglich rausfinden. Wir reden mit den Leuten, und danach werden wir alle Informationen zusammenfügen. Wenn was an der Sache faul sein sollte – wir kriegen es raus!«

Ich musste grinsen. »Tante Frieda, willst du auf deine alten Tage noch Detektiv spielen?«

»Von wegen alte Tage«, knurrte sie und knuffte mich dabei nicht zimperlich auf meinen Oberarm. »Gut«, fügte Frieda dann versöhnlich lächelnd hinzu, »spielen wir Detektiv.«

# 9

Peter Bruchfeld fand auf seinem Schreibtisch eine Einladung für ein Gespräch. Fassungslos starrte er auf das Papier und fragte laut: »Was will der denn von mir?«

Bärbel schaute von ihrem Computer mit fragendem Blick zu ihrem Kollegen.

»Ich soll zu dem Psychofritzen. Kannst du mir mal verraten, was ich bei dem soll?«

Bärbel hatte in der Vergangenheit mitbekommen, dass ein paar Kollegen mit dem Gedanken spielten, sich über Peter Bruchfeld wegen seines Benehmens zu beschweren. Sie selbst hatte man nie dazu befragt, obwohl sie die meisten Schichten mit Peter zusammen machte.

»Bärbel«, fuhr Peter sie an, »weißt du was?«

Der Ton ließ Bärbel innerlich zusammenzucken, und nun platzte der besonnenen, ruhigen, sanften Frau der Kragen. »Ich weiß nichts. Aber wie du mit deinen Kollegen hier umspringst, macht dieses Gespräch längst überfällig. Und eins sag ich dir: Wenn der Psychologe nicht so ein unsympathischer, junger Typ wäre, hätte ich dich längst gemeldet.«

»Wie bitte? Das ist nicht dein Ernst!« Peter Bruchfeld, der bis eben gestanden hatte, ließ sich auf seinen Stuhl fallen.

»Doch«, erwiderte Bärbel mit fester Stimme, »mein voller Ernst. Nur weil ich nicht glaube, dass so ein junger Typ ohne jede Lebenserfahrung uns bei unserer Arbeit und unseren Problemen wirklich beraten kann. Hätten wir einen älteren Psychologen, der vielleicht auch schon eine Trennung hinter sich hat, Leid und Elend aus eigener Erfahrung kennt – den hätte ich auf dich gehetzt. Darauf kannst du Gift nehmen.«

»Aber ...«, stammelte Peter Bruchfeld, »wieso ... denn?«

Bärbel sah ihn ungläubig an. »Peter, merkst du denn nicht, wie sehr du dich verändert hast? Du hast nur noch schlechte Laune, alles machst du mies, bist durch und durch negativ. Wir haben doch alle gelernt, wie wir in problematischen Stresssituationen reagieren, wie wir damit umgehen sollen. Wir versuchen hier andauernd, andere Menschen zu analysieren, ihre Beweggründe, ihre Motivation, ihre Motive, wir stellen immer alles in Frage – auch uns. Oder reflektierst du dich nie? Hast du noch nicht mitgekriegt, dass dir alle aus dem Weg gehen und ich die meisten Schichten mit dir mache, weil die anderen nicht wollen?« Bärbel sprach ruhig und sah Peter dabei die ganze Zeit fest an.

Ihr kam es vor, als würde ihr Kollege immer kleiner werden und seine Gesichtsfarbe immer fahler. Hatte er bis jetzt wirklich noch nicht gespürt, wie seine Kollegen ihn mittlerweile mieden? Wie grob er ihnen gegenüber war?

»Warum hast du mir das noch nicht gesagt, Bärbel?«, fragte Peter fast tonlos.

»Peter!«, rief Bärbel nun laut, »ich fang gleich an zu kreischen! Weißt du, wie oft ich das versucht habe?«

»Da hättest du eben deutlicher werden müssen. Du kennst mich lange genug. Deine diplomatischen, verschachtelten Sätze ...! Einfache und klare Ansagen hätten es auch getan.« Peter Bruchfeld schob den Stuhl heftig zurück, stapfte aus dem Zimmer und knallte die Tür hinter sich zu.

Bärbel blieb einen Moment fassungslos sitzen. Sie atmete tief ein und aus. Typisch, dachte sie, dreht mir das Wort im Mund rum, und schon habe ich den Schwarzen Peter und bin an allem schuld. Sie stand auf, ging zum Fenster und sah, wie ihr Kollege Peter Bruchfeld zu seinem Auto auf den Parkplatz eilte und dann losfuhr. Wenn nach ihm gefragt wird, lüge ich dann wieder für ihn?, fragte sie sich. Wahrscheinlich schon, ein Kollegenschwein bin ich nicht, gab sie sich selbst die Antwort und machte sich über den Stapel Akten her, der auf ihrem Schreibtisch lag. Dabei fiel ihr auch der Bericht über den nicht vorhandenen Toten in dem verwahrlosten Haus in die Hände. Ein bisschen frische Luft würde ihr auch guttun.

Sie verließ das Büro und fuhr in die Hohe Tanne zu dem verwahrlosten Haus. Dort angekommen, lief sie ein paar Schritte in den angrenzenden Wald.

Immer, wenn ihre Gedanken kreisten, versuchte sie, an die frische Luft zu kommen und ein wenig spazieren zu gehen, das machte ihr den Kopf frei. Sie wollte nicht länger Peter Bruchfelds Probleme zu ihren eigenen machen.

Nach ein paar Metern kam sie an einen Bolzplatz mit alten Fußballtoren aus Gittern und einer halb verfallenen

Bank. Sie setzte sich für einen Moment hin und lauschte der Stille des Waldes, unterbrochen von vorbeirauschenden Autos von der nahen Autobahn, dröhnenden Motoren von Flugzeugen, die im Minutentakt Frankfurt anflogen, und den ratternden Zügen, die ein ziemliches Donnern verursachten. Komisch, überlegte Bärbel König. Die Zeitungen sind voll von Berichten über Fluglärm, Flughöhen und Einflugschneisen. Dass die Züge, und vor allem die Güterzüge, hier jedes Wort unmöglich machen, darüber regt sich offensichtlich niemand auf.

Nach einer Weile kam ein junges Mädchen mit einem Schäferhund den Weg entlang. Bärbel betrachtete die junge Frau aufmerksam, ließ sie vorübergehen und folgte ihr leise. Volltreffer, dachte Bärbel König, als sie die junge Frau durch das Tor zu dem verwahrlosten Haus gehen sah.

# 10

Beerdigungen mag ich nicht, weil ich immer so heulen muss, selbst wenn ich die verstorbene Person gar nicht gekannt habe. Ich heule schon, wenn mir meine Nachbarin von unten ihre ausgelesene F. A. Z. raufbringt und ich wohlformulierte Todesanzeigen lese. Den Erwin Jahn aber kannte ich, was die Sache noch schlimmer machte. Wenn ich wenigstens dabei so aussehen würde wie eine Schauspielerin in einem Hollywoodfilm. Ich würde mir eine malerische, glitzernde Träne vornehm mit einem weißen Spitzentaschentuch abtupfen.

Bei mir fängt nicht nur die Nase an zu triefen, sie wird auch knallrot, und meine Augen sind innerhalb von Sekunden fleckig-rot verquollen. Ich habe vorsichtshalber mehrere Päckchen Papiertaschentücher eingesteckt.

Tante Frieda und ich setzten uns in der Kirche in die letzte Reihe. Von dort hatte man auch einen guten Blick auf die anderen Trauergäste. Der Pfarrer redete, als wäre er ein guter Freund von Erwin Jahn gewesen. Er lobte sein Verantwortungsgefühl, das er für seine Familie gehabt hatte. Wie er immer für die Seinen sorgte, so dass es ihnen an nichts mangelte, und er auch sonst für alles und jeden Verantwortung übernahm und immer hilfsbereit zur Stelle war. Jetzt so plötzlich aus einem arbeitsreichen Leben gerissen und so weiter. Die Lobhudelei nahm gar kein Ende.

Ich betrachtete die Menschen in der Kirche. Ein paar Gesichter kamen mir vom Sehen aus der Hohen Tanne bekannt vor, doch die meisten waren mir unbekannt. Ich wunderte mich, woher die Jahns so viele Menschen kannten. Ich dachte immer, die lebten völlig zurückgezogen und isoliert. Mein Blick ging unruhig in der Kirche umher. Der Gedanke, Andreas könne mit seiner Frau hier sein, ließ mir das Herz bis zum Hals schlagen und den Atem stocken. Aber sosehr ich meinen Hals auch reckte, weder Andreas noch die aufgedonnerte Blondine waren zu sehen.

Die Menschen zogen schniefend zum neuen Friedhof, der etwas außerhalb von Wachenbuchen auf einem Hügel lag. Frieda und ich schlossen uns dem Trauerzug an. Sie blickte mit ihren hellwachen Augen umher und flüsterte mir zu: »Hast du gehört, was der Pfarrer gesagt hat?«

»Hab ich. Er war wohl der beste Freund vom Jahn«, gab ich zurück.

»Das meine ich nicht«, erwiderte Frieda. »Er spricht von Familie. Dabei hatte er doch nur seine Frau, oder? Dem müssen wir nachgehen!« Frieda sah mich verschwörerisch an.

Auf dem Friedhof wurde der Sarg in die Grube gelassen, und ungewöhnlich viele Menschen warfen Blumen darauf, blieben einen Moment andächtig stehen, um sich zu verabschieden, und schmissen eine Schippe Erde hinterher. Ich war mir unschlüssig, ob ich mich einreihen sollte, aber da gab mir Frieda schon einen Schubs, dass ich zum Grab stolperte, mich aber noch rechtzeitig fangen konnte, um nicht in die Grube zu fallen. Ich spürte, wie die Trauernden den Atem anhielten und mir auf den Rücken starrten. Ich zeigte mich andächtig und versunken, griff zur kleinen Schaufel und warf Erde auf den Sarg. Ich verspreche dir, lieber Erwin Jahn, wenn dein Tod nicht natürlich gewesen sein sollte, werden es die Frieda und ich ans Tageslicht bringen!, versprach ich feierlich im Stillen und fühlte mich unglaublich edel dabei. Dann drehte ich mich um und sah direkt in die Gesichter der Anwesenden, stolz und wissend, bis mein Blick auf Tante Frieda fiel, die mich streng anschaute und die Augen gen Himmel richtete. Oh, dachte ich, sofort unauffällig einreihen und Klappe halten – genau das verriet mir der Blick von Tante Frieda.

Nun stand ich also in der Reihe, um Frau Jahn zu kondolieren. Sie trug ein schlichtes schwarzes Kostüm, einen kleinen Hut, mit Schleier über den Augen, schwarze Strümpfe und geschlossene Schuhe. Vor meinem inneren Auge sah ich schwarze Holzpantoffeln, aus denen sich ihre bestrumpften Zehen den Weg ins Freie suchten. Sie drückte jedem die Hand, bedankte sich und sagte ständig: »Wir sehen uns ja gleich.« Nicken auf beiden Seiten.

Als auch diese Prozedur vorbei war, schlängelten sich die Menschen den Hügel hinunter, um im Dorf zu ihren Autos zu kommen. Einige hatten ihren Wagen direkt am

Friedhof geparkt. Ich gehörte leider nicht dazu und musste nun in ungewohnten Schuhen mit Absätzen zurückstöckeln.

»Zu Hause brauche ich erst mal ein heißes Fußbad«, raunte ich Tante Frieda zu, »das hier sind eindeutig Sitzschuhe.« Aber Frieda trieb mich zur Eile an, sie wollte auf jeden Fall eine der Ersten im Clubhaus sein, um einen Eindruck über alle kommenden Gäste zu gewinnen.

Das schafften wir natürlich nicht. Der Parkplatz am Clubhaus war vollgestellt mit den Autos der Tennisspieler. So parkten wir ein ganzes Stück weiter vorn, gegenüber dem Minigolf-Platz, und ich musste mit schmerzenden Füßen zurückstöckeln. Als wir endlich im Clubhaus angekommen waren, war der separate Raum bereits sehr gut gefüllt. An langen Tischen dampften schon die Kasserollen, und ich verspürte einen guten Hunger. Kein Wunder bei so viel frischer Luft und meinen sportlichen Anstrengungen in diesen Schuhen.

Tante Frieda ging sofort konzentriert an ihr Vorhaben, mit so vielen Menschen wie möglich zu sprechen. Sie hob missbilligend die Augenbrauen, als sie sah, wie ich mir einen Teller mit Nudeln und Geschnetzeltem vollschaufelte.

Um Frau Jahn scharten sich eine ganze Menge Damen, mein erster Gedanke bei dieser Konstellation war, dass sich hier ein Witwen-Club gefunden hatte.

Nachdem ich mich ordentlich gestärkt hatte, suchte ich mit Blicken Tante Frieda, was aufgrund ihrer Körpergröße zwischen all den Menschen ein schwieriges Unterfangen war. Aber da stand sie! Eine Tasse Tee in den Händen, war sie ins Gespräch mit einem Nachbarn vertieft. Ich selbst machte mich zu Frau Jahn auf und passte die erste Gelegenheit ab, mit ihr ins Gespräch zu kommen.

»Frau Jahn«, sagte ich überschwänglich, »ich bewundere, wie beherrscht Sie sind!«

Sie sah mich geschmeichelt an, und eine selbstgefällige Zufriedenheit huschte über ihr Gesicht. »Das ist meine Erziehung, Lena! Flenne tu ich net in der Öffentlichkeit, des mach ich dahaam, da siehts kaaner.« Irgendwie passte ihre Art gar nicht zu dem distanzierten Verhalten, das Frieda geschildert und das ich noch aus Kindertagen in Erinnerung hatte. Tante Frieda kam in diesem Moment dazu, und Frau Jahn spannte sich augenblicklich an, stellte sich plötzlich kerzengerade hin und reckte den Kopf, als wollte sie sich größer machen.

»Das ist sehr nett von Ihnen, dass Sie Erwin auf seinem letzten Weg begleitet haben. Danke für den schönen Kranz«, sagte Frau Jahn steif und wandte sich ab.

Ich zog Frieda in die andere Richtung. »Die hat was gegen dich! Hast du ihr mal was getan?«

»Ich?«, fragte Tante Frieda erstaunt. »Ach, woher denn!«

»Hm«, überlegte ich, »vielleicht war sie eifersüchtig auf dich?«

»So ein Schmarrn«, regte sich Frieda auf.

Wir kamen überein, dass Frieda sich besser mit den Nachbarn unterhalten sollte und ich mich alleine an Frau Jahn ranpirschen würde.

Das gelang mir auch wenig später, und so konnte ich

erfahren, dass Frau Jahn wirklich mit dem Gedanken spielte, das Haus mit Pool zu verkaufen. Sie wolle schon lange nach Frankfurt.

»Weißt du, Lenchen, da habe ich schon oft mit dem Erwin drüber gesprochen. Im Alter ist es in der Stadt besser. Am liebsten möchte ich nach Sachsenhausen. Da gibt es Geschäfte, Friseure und Lokale in Laufnähe.«

Zufrieden dachte ich: Die Basis für ein Gespräch, in dem man mehr erfahren kann, ist geschaffen.

# 11

Peter Bruchfeld war außer sich vor Wut, als er sein Büro verließ. Er fühlte sich von seiner Kollegin Bärbel König verraten. Das ist wohl Mobbing, was hier gerade läuft, dachte er bitter. Er setzte sich in sein Auto, und seine Gedanken kreisten um die Vorwürfe, die Bärbel ihm gemacht hatte. Er fuhr auf den Parkplatz von Schloss Philippsruh und ging durch das prächtige schmiedeeiserne Tor mit den aus echtem Gold verzierten Blättern und Rauten. Er lief links am Schloss vorbei, ging die alte, verwitterte Steintreppe nach unten zum Main und über die Wiese zum Ufer. Tief sog er die frische Luft ein und war froh, dass die schwüle Hitze der letzten Tage vorbei war. Er setzte sich ans Wasser und sah den vorbeiziehenden Schiffen nach, hob ein paar flache Steinchen auf und ließ sie dann übers Wasser springen.

Bärbels Worte hallten in seinem Kopf nach. Sie hat recht, musste er zugeben. Er hatte sich in letzter Zeit wirklich zu sehr in Selbstmitleid gesuhlt und überhaupt nicht wahrgenommen, was um ihn herum geschah oder was mit seinen Kollegen los war. Diese tiefe Traurigkeit, die in ihm war, seit seine Frau ihn verlassen hatte, die Enttäuschung darüber, dass sie jeden Kontakt mit ihm ablehnte. Das waren die Gefühle, die sich in ihm breitgemacht und nichts anderes mehr zugelassen hatten.

Früher war er in jeder Minute seiner knappen Freizeit so gerne mit dem Rad gefahren, das den Gegenwert eines Kleinwagens darstellte. Nicht mal dazu konnte er sich mehr aufraffen. Dieses Fahrrad stand seit der Trennung in dem kleinen Verschlag im Keller seiner neuen Bleibe.

Er hatte sich seine Wohnung notdürftig mit Möbeln, die seine Frau nicht mehr wollte, eingerichtet. Seit der Trennung hatte er sich keine neuen Möbel und auch keine neue Garderobe mehr geleistet. Im Supermarkt holte er sich Fertiggerichte, weil ihm nicht mal mehr Kochen Spaß machte. Wie gerne hatte er zusammen mit seiner Frau gekocht!

Peter seufzte und versuchte, mit seinem Fuß einen alten, knorrigen Ast vom Boden, der halb eingegraben war, in den vorbeifließenden Main zu befördern. Sein Freund Andreas hatte ihn schweigend verstanden. Sie tranken Bier zusammen, gingen mit dem Husky spazieren und saßen stumm vor der Glotze. Andreas ließ ihn so sein, wie er sich fühlte. Bis Andreas plötzlich immer weniger Zeit gehabt hatte und dann mit dieser Blonden aufgetaucht war.

Peter hatte nicht verstanden, warum Andreas so Hals über Kopf heiraten wollte. Peter sollte Trauzeuge sein, hatte das aber dankend abgelehnt.

Irgendwie hatte er sich von seinem Freund alleingelassen gefühlt. Es stimmte, Bärbel hatte ihn schon damals sehr oft darauf hingewiesen, dass er versuchen müsse, aus diesem Loch herauszukommen. Er hatte immer alles weggewischt, sich nicht mit seiner neuen Lebenssituation auseinandersetzen wollen. Und Bärbel? Niemals hatte sie seinen Geburtstag vergessen. Immer lag ein kleines Geschenk von ihr auf seinem Platz, genauso zu Ostern, Nikolaus und Weihnachten. Immer hatte sie Schokolade für ihn bereit. »Nervennahrung, damit du wieder du selbst wirst«, sagte sie dazu. Er hatte ihre Worte ignoriert. Was bin ich doch für ein dämliches Arschloch, sagte er zu sich selbst, als er endlich den Ast ins Wasser treten konnte.

Er dachte nie vorher an Bärbels Geburtstag. Immer erst auf dem Revier, wenn sie mit einem selbstgebackenen Kuchen und einer Flasche Sekt, um mit den Kollegen anzustoßen, aufkreuzte. Sie war immer auf seiner Seite gewesen und nahm ihn vor Kollegen in Schutz. Er wusste, sie hatte ihn oft gedeckt, wenn er mal wieder zu spät gekommen war oder kurz eine Auszeit während des Dienstes genommen hatte.

»Besser spät als nie«, sagte sich Peter Bruchfeld und spurtete die Treppe hoch zu seinem Auto. Außer Atem stieg er ein und fuhr auf der Phillipsruher Allee in die Stadt, um bei der wallonischen Kirche zu parken. Er stürmte auf den Marktplatz in den Blumenladen und verlangte einen riesigen Blumenstrauß. Bunte Sommerblumen, gab er barsch als Anweisung, in der Hoffnung, damit nichts falsch zu machen, denn er hatte keine Ahnung, welche Blumen Bärbel besonders mochte. Er war voller Unruhe, meinte, er müsse sich so schnell wie möglich bei Bärbel entschuldigen. Er hatte das Gefühl, es könne für immer zu spät sein, wenn er nicht sofort losrannte. Aber die Floristin nahm sich gleichmütig die Zeit, die sie brauchte, um ihm nach einer Ewigkeit – wie es Peter vorkam – einen herrlichen bunten Strauß zu zeigen.

»Ist es so recht?«, fragte sie routiniert.

»Ja, ja, alles in Ordnung«, antwortete Peter und kramte hastig nach seiner Geldbörse.

Er überlegte, ob es schneller ginge, wenn er sein Auto holen und zum Revier fahren würde oder wenn er Richtung Freiheitsplatz liefe. Er entschied sich für Letzteres und war innerhalb weniger Minuten an seinem Arbeitsplatz. Er stürmte die Treppen hoch und riss die Tür zu dem gemeinsamen Büro auf. Bärbel saß an ihrem Computer und tippte konzentriert einen Bericht. Als sie beim Öffnen der Tür kurz hochschaute, erblickte sie lediglich einen gigantischen Blumenstrauß auf zwei Beinen. Peter Bruchfeld fehlten die Worte, er wusste überhaupt nicht, wie er sich entschuldigen sollte, und stammelte unbeholfen wie ein Sextaner: »Ich war ... ein Arschloch, unverzeihlich, mein Benehmen, wie hast du ... mich nur ertragen können, ich bin ... dir so dankbar. Tut mir so leid. Alles.«

Bärbel stand auf, nahm ihrem Kollegen die Blumen aus der Hand, schloss ihn in die Arme und drückte ihn so fest sie konnte. Beide waren so gerührt, dass ihnen die Tränen in die Augen traten. Bärbel wollte der Situation die Gefühlsduselei nehmen und strubbelte Peter durch die Haare.

»Dem Arschloch habe ich nichts hinzuzufügen«, sagte sie lachend und tippte auf ihre Uhr. »Ich würde mich ja gerne mit dir weiter unterhalten, aber ich fürchte, du kommst zu spät zu deinem Termin bei Dr. Ganter.«

Peter Bruchfeld erschrak, den Psychofritzen hatte er völlig vergessen! »Bärbel, warte bitte auf mich. Ich muss mit dir reden«, bat er eindringlich, als er sich auf den Weg machte.

»Ich auch mit dir!«, rief ihm Bärbel hinterher.

Das Gespräch mit Dr. Ganter war schnell erledigt, denn Peter Bruchfeld kam allen Fragen, die Dr. Ganter stellen wollte, zuvor. Charmant erklärte er dem Psychologen, der in der Tat sehr jung war und dessen zarter Körperbau diese Jungenhaftigkeit noch unterstrich, dass er eigentlich von sich aus das Gespräch mit ihm suchen wollte, aber die Arbeit es nicht zugelassen hatte. Ja, deshalb sei er dankbar und froh, diesen Termin »von oben« verpasst bekommen zu haben, um alles abschließend zu erklären. Er hätte tatsächlich eine leichte depressive Verstimmung gehabt, bei einer Trennung ja nicht unüblich, aber jetzt hätte sich der Knoten gelöst, er sei voller Energie und Tatendrang und habe sich bei seiner Kollegin schon für sein Verhalten entschuldigt. Wie gesagt, alles ganz normal bei einer Trennung.

Peter Bruchfeld trat so selbstbewusst und autoritär auf, dass der junge Dr. Ganter, dessen Augen unsicher hin- und herflackerten, dem nichts hinzuzufügen hatte. Der Psychologe war es gewohnt, dass niemand freiwillig seine Dienste in Anspruch nahm und bei den Supervision-Terminen die meisten Beamten wegen Ermittlungen, die keinen Aufschub duldeten, fehlten. Neu für ihn war, dass ein Kriminalbeamter ihn mit einem Redeschwall überschüttete. Sonst musste er die ablehnende Haltung ihm gegenüber, welche die meisten Beamten an den Tag legten, erst mühsam aufbrechen und Situationen mit sehr viel Geduld rekonstruieren.

Den Folgetermin, um seine Stabilität zu überprüfen, versprach Peter Bruchfeld auf jeden Fall wahrzunehmen. Hatte aber schon im Kopf, dass er diesen wegen dringender Ermittlungen absagen würde. Irgendwie hatte er das unbestimmte Gefühl, dass auch Dr. Ganter wusste, dass es diesen Folgetermin nicht geben würde.

Peter Bruchfeld flitzte zurück in sein Zimmer, um sich mit Bärbel auszusprechen. Er wollte über das, was ihm am Main klargeworden war, mit ihr anstatt mit dem Psychologen reden. Aber Bärbel ließ ihn gar nicht erst zu Wort kommen. Sie gab ihm einen kurzen Bericht darüber, was sie in der Hohen Tanne in Erfahrung bringen konnte.

»Ein Mädchen haust mit ihrem Schäferhund in dem Haus. Sie war sehr misstrauisch. Als ich ihr klarmachen konnte, dass sie von mir nichts zu befürchten hätte, wurde sie redselig. Ich hatte das Gefühl, sie war ganz froh, mal mit jemandem reden zu können. Außerdem konnte ich ihr beibringen, dass es wenig Sinn macht, Ende August ein Gemüsebeet hinter dem Haus im Schatten anzulegen.« Bärbel grinste. »Dadurch hab ich ihr Vertrauen gewonnen, glaube ich.«

Peter Bruchfeld hob die Augenbrauen. »Wie? Du hast mit ihr übers Gärtnern gesprochen?«

Bärbel lachte. »Du kannst mir glauben, sie war dankbar für meinen Tipp, das Beet zu verlegen und es mit Feldsalat zu versuchen.« Mit ernster Miene fuhr sie fort: »Das Mädel wird in vier Wochen achtzehn. Ihre Mutter ist tot, mit dem Vater versteht sie sich nicht, der versorgt sie aber mit Geld. Sie macht gerade ihren Führerschein und wird wohl auch ein Auto von ihrem Vater kriegen. Der Vater lebt in München. Habe ich schon überprüft, und er hat keine Ahnung, wo und wie seine Tochter lebt und was sie macht. Der zahlt nur. Das Mädchen ist über einen Bekannten an dieses Haus gekommen. Er hat ihr erlaubt, darin zu wohnen, ist wohl aber selbst untergetaucht. Sie hat den Mann schon seit vierzehn Tagen nicht mehr gesehen.« Bärbel hielt kurz inne, um dann fortzufahren: »Es gab Beschwerden und Anrufe bei der Polizei wegen der Verwahrlosung und der Vermutung, dass in dem Haus illegal gewohnt wird. Ich habe das überprüft. Erst wenn der Hausbesitzer sich beschwert, können wir eingreifen, und auch erst dann, wenn sich der Aufforderung des Eigentümers, das Haus zu verlassen, widersetzt wird. Uns waren die Hände gebunden. Zumal der Mann einen ordentlichen Mietvertrag vorweisen konnte. Ich habe mit den Kollegen gesprochen, die damals den Hinweisen nachgegangen sind.«

Peter Bruchfeld sprach kritisch weiter:

»Und da das Mädel in vier Wochen achtzehn wird, müssen wir erst gar nicht das Jugendamt einschalten?«

Bärbel schüttelte den Kopf. »Belehr mich bitte nicht, aber ich hatte Mitleid mit dem Mädchen.«

Peter wollte schon in alter Manier lospoltern, besann sich aber schnell eines Besseren. Ganz ruhig stellte er fest, dass Mitleid die denkbar ungünstigste Ausgangsposition für Ermittlungen ist.

»Ja, ich weiß, Peter, blöd von mir. Aber im Computer habe ich schon nachgeschaut. Weder der Name des Mannes noch des Mädchens tauchen auf. Beide also ein unbeschriebenes Blatt.«

»Eine Straftat – oder in dem Fall sogar ein Mord – liegt nicht vor. Wir können davon ausgehen, dass die Meldung von den Nachbarn kam, die sich davon mehr erhofft haben als von den Beschwerden.«

»So sehe ich das auch, trotzdem habe ich das Gefühl, dass da noch was kommt«, erwiderte Bärbel.

»Und auf dein Gefühl konnte man sich bis jetzt immer verlassen«, stimmte ihr Peter Bruchfeld zu. »Ich werde nach Feierabend zu Andreas fahren. Seine Frau ist Maklerin, wenn ich das richtig in Erinnerung habe, vielleicht weiß die was«, sagte Peter Bruchfeld.

## 12

Als ich Frieda die paar Meter vom Clubhaus nach Hause fuhr, musste ich ihr gestehen, keine Zeit mehr zu haben. »Die Apothekerin hat schon zweimal auf meine Mailbox gesprochen, sie erwartet mich heute noch mit dem Layout. Ich muss da hin, jeder Cent zählt«, erklärte ich Frieda.

Frieda war offensichtlich enttäuscht. »Schade, Kindchen, aber was sein muss, muss sein! Ich hatte mich schon darauf gefreut, mit dir die Ergebnisse zu besprechen.«

»Die Ergebnisse?« Ich wunderte mich über die Wortwahl von Frieda.

»Ja, die Ermittlungsergebnisse, was denn sonst? Interessante Dinge, die ich erfahren habe. Dann muss das eben bis Sonntag warten. Oder kannst du morgen kommen? Ich gehe jetzt erst mal mit Amsel spazieren, der arme Hund!«

Eine Antwort wartete Frieda nicht mehr ab, stieg aus dem Auto und eilte ins Haus.

Mein Termin bei der Apothekerin war schnell erledigt. Die ersten Entwürfe, die ich ihr zeigte, schmetterte sie allesamt als zu altbacken ab. Meine Einwände, dass eine Apotheke ein seriöses Erscheinungsbild braucht, weil sie doch keine Lifestyle-Produkte verkaufen würde, ließ sie nicht gelten. Sie reagierte sogar ziemlich heftig darauf. »Daran sehe ich doch, dass Sie nicht die geringste Ahnung von meinem Geschäft haben!«, schimpfte sie los. »Glauben Sie, ich mache meinen Umsatz mit Hustensaft? Faltencremes und Potenzmittel sind Lifestyle-Produkte, und da erwarte ich ein frisches, modernes Logo.«

»Genau so waren meine ersten Ideen!«, log ich die Apothekerin an. »Aber ich habe mich gar nicht getraut, Ihnen so etwas Innovatives vorzuschlagen, und habe alle Entwürfe wieder verworfen. Was ein Fehler war, wie ich jetzt sehe«, sagte ich reumütig. Ich hatte schon gelernt, dass dies bei manchen Kunden gut ankam. So können sie sich gönnerhaft zeigen und haben ein gutes Gefühl. Eigentlich ist das meine Arbeit, dachte ich: ein gutes Gefühl verkaufen.

»Na gut, dann treffen wir uns gleich am Montag wieder, und Sie zeigen mir Ihre anderen Ideen!«

Damit war mein Termin beendet. Ich schlenderte nach Hause, stieg die Holztreppen nach oben, warf meine Mappe in die Ecke, trat gegen die Wand, ging wieder nach unten, stieg in mein Auto und fuhr zu Tante Frieda.

Na ja, fahren war übertrieben. Die Hanauer Landstraße war nämlich komplett zu, und so stand ich mehr, als ich fuhr.

Aber nach nur zwei Stunden saß ich wieder an dem Holztisch in der Küche. Frieda fing sofort an zu reden, und ich hatte das Gefühl, dass sie geplatzt wäre, wenn sie bis Sonntag hätte warten müssen, um mir die Neuigkeiten mitzuteilen.

»Kannst du dich noch an Freddie erinnern?«

Natürlich konnte ich das! Freddie hatte am Ende der Straße mit seiner Mutter gewohnt. Als Kinder hatten wir zusammen gespielt, er war nur ein, zwei Jahre älter als ich. Er war der Erste, den ich kannte, der damals ein Austauschjahr in Südamerika machte. Ein paar meiner Klassenkameraden waren in England, ein paar in Nordamerika, aber Freddie aus Hanau war der Exot. Wir haben uns dann leider aus den Augen verloren. Meine Besuche bei Tante Frieda waren in der Zeit während der Oberstufe und des Studiums seltener geworden. Und danach hatte ich gehört, dass Freddie ganz nach Südamerika gezogen war.

»Seine Mutter ist vor zwei Jahren gestorben, und er war zur Beerdigung hier. Seitdem verlottert das Haus, dass es eine Schande ist«, fuhr Tante Frieda fort, dann senkte sie leicht den Kopf und flüsterte fast: »Lena, ich habe etwas erzählt bekommen, da hätte ich mich am liebsten hingesetzt! Im Nachlass seiner Mutter soll er einen Brief gefunden haben, in dem steht, dass Erwin Jahn sein leiblicher Vater ist! Angeblich soll der Jahn das Haus finanziert und für Mutter und Sohn gesorgt haben, ohne dass der arme Bub jemals erfahren hat, wer ihn erzeugt hat! Ist das nicht furchtbar?«

»Und er ist mit dem Brief zu Erwin Jahn gegangen?«, hakte ich nach.

»Das weiß ich eben nicht«, gab Frieda zu. »Aber irgendwie müsste das doch rauszukriegen sein. Wenn nur die Frau Jahn nicht so ablehnend mir gegenüber wäre.«

»Sie möchte nach Sachsenhausen ziehen, und ich habe ihr versprochen, die Augen offen zu halten, wenn ich von einer netten Wohnung höre, die für sie in Frage kommen könnte«, sagte ich. »Da findet sich ein Grund, zu ihr zu gehen und dann irgendwie das Gespräch darauf zu bringen.«

Tante Frieda nickte zustimmend. »Das kannst du gleich morgen machen! Am Samstag muss sie ja raus, die Straße kehren.«

# 13

Peter Bruchfeld fuhr zu seinem alten Freund Andreas, ohne sich vorher anzumelden. Sollte ja bei Freunden erlaubt sein, dachte er sich und klingelte. Als ihm Andreas' Frau die Tür öffnete, verschlug es ihm die Sprache. Er hatte sie nie richtig wahrgenommen, eher als Eindringling in seine Freundschaft mit Andreas. Zudem hatte er in seinem Trennungsschmerz keinen Blick für andere Frauen gehabt. Sie war atemberaubend! Die langen blonden Haare, die in sanften Wellen ihr Gesicht einrahmten, die hohen Wangenknochen, die grünen mandelförmigen Augen, die vollen sinnlichen Lippen. Sie trug ein tief ausgeschnittenes, enganliegendes T-Shirt, das ihre üppigen Formen richtig zur Geltung brachte, und enge Jeans, die sich perfekt um ihren runden Po spannten.

»Peter! Schön, dass du mal vorbeikommst«, begrüßte sie ihn mit einem Lächeln. Peter Bruchfeld starrte nur auf diesen wunderschönen Mund, sonst hätte er vielleicht gemerkt, dass ihre Augen nicht mit lächelten, sondern einen kalten Ausdruck behielten.

»Komm doch rein, ich sitze gerade auf der Terrasse mit einem Drink.« Sie ließ Peter eintreten, schloss die Tür und ging vor ihm durchs Haus in Richtung Terrasse.

Peter Bruchfeld starrte auf ihren Hintern und den aufreizenden Hüftschwung.

»Du bist doch Maklerin«, sagte Peter unkonzentriert, »und ich wollte dich fragen, ob du was über das verwahrloste Haus in der Parallelstraße weißt.«

Hätte Peter Bruchfeld die Frage von Angesicht zu Angesicht gestellt, wäre ihm vielleicht das kurze Aufblitzen in ihren Augen aufgefallen. Das kurze Innehalten der geschmeidigen Bewegung nahm er nicht wahr. Auf der Terrasse drehte sich Jasmin zu ihm um und drückte ihn sanft, mit den Händen auf seinen Schultern, in einen Sessel der neuen Lounge-Möbel. Sie beugte sich dabei so weit nach unten, dass er fast ihr phantastisches Dekolleté berührte. Er starrte in ihren Ausschnitt zu den vollen Brüsten, die zum Greifen nah waren, und musste sich beherrschen. Eine Hitzewelle durchfuhr ihn, und sein Mund wurde trocken. Sie beugte sich noch weiter nach unten und hauchte ihm ins Ohr: »Ich bin so froh, dich endlich wiederzusehen!«

Peter Bruchfeld hatte den Grund vergessen, warum er überhaupt hier war. Er hatte alles vergessen, in seinem Kopf war Leere, und er spürte mit jeder Faser seines Körpers ein unwiderstehliches Verlangen. Jasmin richtete sich sehr langsam und lasziv wieder auf und fragte, ob sie ihm auch einen Cocktail mixen dürfe, er sei ja nicht mehr im Dienst. Dass diese Feststellung eigentlich mehr einer Frage glich, nahm Peter nicht wahr. Er konnte seine Blicke nicht mehr von diesen großen Brüsten wenden. Durch seinen Kopf schwirrten diffuse Bilder von Pin-ups aus dem *Playboy*, die er sich als Teenager angeschaut hatte, und die Phantasien, die er damals hatte, schienen Realität zu werden.

Jasmin gestand, dass sie ihn schon längst besuchen wollte. Sie würde immer an ihn denken und hätte sich nicht getraut, einfach bei ihm vor der Tür zu stehen. Sie erkundigte sich, wie es ihm gehe, was er in seiner Freizeit mache und ob sie ihn bald besuchen dürfe. Sie vermied es, die Sprache auf das verwahrloste Haus und ihre Tätigkeit als Maklerin zu bringen. Kurz darauf stand Andreas, der von der Arbeit nach Hause gekommen war, auf der Terrasse und freute sich aufrichtig, seinen Freund wiederzusehen.

Peter Bruchfeld war verwirrt. Er hatte Probleme, seine Gefühle zu ordnen. Er konnte schließlich seinem Freund schlecht sagen, wie geil er auf seine Frau sei. Deshalb verabschiedete er sich rasch und fuhr mit einem unzufriedenen Gefühl nach Hause.

## 14

Bärbel König nahm das Handtuch von ihrem Kopf und blies die restliche Feuchtigkeit mit dem Fön aus ihrem Haar. Wenn sie mit feuchten Haaren ins Bett ging, glich ihre Frisur am nächsten Morgen einem Mopp. Sie cremte sorgfältig ihr Gesicht mit einer teuren Creme aus dem Kosmetikstudio in der Langstraße, wo sie erst heute einen neuen Tiegel gekauft hatte, neben den herrlichen Pralinés, die es dort außerdem manchmal gab. Sie reckte wohlig die müden Glieder. Wenn es der Dienstplan zuließ, ging sie in den Frauen-Fitness-Club Vitabel. Heute hatte sie sich zuerst an den Geräten ausgetobt und dann noch am Zumba-Kurs teilgenommen. Jetzt wollte sie nur noch ins Bett. Gerade als sie das Licht löschen wollte, klingelte das Telefon.

»Frau König, schlafen Sie schon?« Die Stimme gehörte dem blonden Neuen. Bärbel verneinte, und der Neue fuhr geschäftig fort: »Ich bin mir sicher, es interessiert Sie, deshalb wollte ich nicht bis morgen warten. Ich wollte Ihnen sagen, wir haben einen Toten an der Kinzig. Laut den Papieren, die er bei sich hatte, heißt der Mann Rodiquez Aviles.«

Bärbel wusste sofort, in welchem Zusammenhang sie

den Namen schon mal gehört hatte: der Mieter aus dem verwahrlosten Haus in der Hohen Tanne.

»Ich bin sofort da!«, rief Bärbel ins Telefon und zog mit der freien Hand ihren Schafanzug aus. Geschickt griff sie Unterwäsche aus dem Schrank und schlüpfte hinein, während sie sich den Weg von ihrem Kollegen erklären ließ.

Fünf Minuten später saß Bärbel bereits im Auto. Schon weit vor dem beschriebenen Ort sah Bärbel die Blaulichter durch die Dunkelheit blitzen. Sie parkte und wurde von einem Streifenbeamten empfangen, der offensichtlich auf sie gewartet hatte und ihr half, die Böschung zur Kinzig hinunterzusteigen.

Katrin, ihre erfahrene Kollegin, und Steffen, der blonde Neue, standen neben dem herbeigerufenen Notarzt, der gerade die Leiche untersuchte.

Die Kollegen von der KTU waren da und fotografierten jedes Detail. Der Ort war im Sommer ein beliebter Treffpunkt bei den Hanauer Jugendlichen. Die zwei Heranwachsenden, die den Toten gefunden hatten, saßen in einem Polizeibus und machten ihre Angaben.

Bärbel nahm wahr, dass der Tote sehr teure, moderne Markenkleidung trug und sehr sauber und gepflegt aussah. Sie konnte sich nicht vorstellen, dass dieser Mensch in dem verwahrlosten, muffigen Haus gelebt haben sollte.

Laut Aussage des Mädchens war er seit gut zwei Wochen nicht mehr in dem Haus gewesen. Also musste er noch über eine andere Bleibe verfügen. Hier am Ufer hat er sicher nicht gewohnt, auch wenn das Wetter in den vergangenen Tagen einen Aufenthalt im Freien möglich gemacht hätte und die Idylle des Ortes nur von riesigen Stechmücken getrübt wurde.

Der Notarzt sah auf und teilte mit, dass keine Gewaltanwendung sichtbar sei und der Mann ungefähr dreißig bis fünfunddreißig Jahre alt war.

»Können Sie sagen, wie lange er hier schon liegt?«, fragte Bärbel.

»Mit hoher Wahrscheinlichkeit noch keine zwei Stunden«, teilte der Notarzt mit. »Die Totenstarre hat noch nicht eingesetzt, lediglich die Augenlider sind starr, der Kiefer ist noch beweglich. Näheres kann nur der Pathologe bestimmen.«

Neben der Leiche stand eine Apfelweinflasche, aus der ganz offensichtlich getrunken worden war. Die Spurensicherung nahm die Flasche vorsichtig auf, um keinen Tropfen zu vergießen, und suchte den Schraubverschluss.

»Kommt ins Labor, in zwei Tagen haben wir die Analyse«, erklärte ein Kollege.

»Geht das nicht schneller?«, fragte Katrin schnippisch und verdrehte die Augen, als der Kollege lediglich mit den Schultern zuckte.

»Katrin, solange unser Chef noch auf seiner Fortbildung ist, wirst du doch die Untersuchung leiten?«, wollte Bärbel wissen.

Katrin nickte nur und wandte sich dann an den jungen Kollegen Steffen. »Du überprüfst bitte alle Hotels und Pensionen in Hanau und Umgebung«, und an Bärbel gewandt: »Könntest du in der Hohen Tanne das Mädchen befragen und morgen mit ihr in die Gerichtsmedizin kommen? Sie soll sich den Toten anschauen und ihn identifizieren. Er ist weder hier noch sonst wo mit einem Wohnsitz gemeldet. Laut seinen Papieren lebte er in Cancún, Mexiko, und ist vor über einem Jahr nach Deutschland eingereist – als Tourist.«

Katrin sah auf ihre Uhr. »Ich werde die Kollegen in Mexiko in Kenntnis setzen.«

Katrin war die Stellvertreterin des Chefs und teilte die Arbeit sachlich und kurz, dabei aber höflich ein. Bärbel arbeitete gerne mit ihr, denn Katrin verstand es, alle Schritte für jeden transparent darzustellen, so dass Rückfragen oder Unklarheiten so gut wie ausgeschlossen waren und jeder seinen Job klar definiert bekam.

Bärbel fuhr sofort los, ohne abzuwarten, bis der Tote in einem Zinksarg weggetragen wurde. In der Hohen Tanne sah Bärbel Licht in dem verwahrlosten Haus. Sie hatte gehofft, das Mädchen noch wach anzutreffen. Die Kleider, Schuhe und Hundefutterdosen auf der Treppe zur Haustür waren weg, nur noch der überquellende Aschenbecher stand an der gleichen Stelle. Die Haustür war verschlossen. Bärbel klingelte und klopfte.

Das Mädchen fragte durch die geschlossene Tür, wer da sei, und öffnete dann vorsichtig.

»Kann ich reinkommen?«, bat Bärbel. Das Mädchen erkannte Bärbel, und ihr trauriges Gesicht hellte sich für einen Moment auf.

»War Herr Aviles in der Zwischenzeit hier?«, fragte Bärbel ohne Umschweife.

Das Mädchen schüttelte niedergeschlagen den Kopf.

Bärbel konnte einen Blick in die Küche werfen und war erstaunt darüber, wie ordentlich es hier plötzlich aussah.

»Hast du saubergemacht? Sieht gut aus!«, lobte sie. Das Mädchen freute sich und zeigte Bärbel auch das Wohnzimmer, das eine Wandlung vollzogen hatte. Der Müll und die leeren Flaschen waren weg und der muffige Geruch fast verschwunden.

»Wow! Toll! Hier fühlt man sich ja richtig wohl«, sagte Bärbel, die das Gefühl hatte, dem Mädchen fehle Anerkennung. »Kannst du mir bitte noch mal genau sagen, wann und wie du Herrn Aviles kennengelernt hast?« Sie setzte sich auf das altmodische Sofa.

## 15

Frieda weckte mich an diesem wunderschönen sonnigen und warmen Samstagmorgen.

»Lena, so wird das nix!« Ihre Stimme klang vorwurfsvoll. »Die Jahn ist schon mit einem Besen auf der Straße! Jetzt steh doch endlich auf.«

Ich brauchte einen Moment, um mich zu orientieren. Erst mal musste ich verstehen, warum ich in dem kleinen Gästezimmer bei Frieda und nicht zu Hause wach wurde. Dann musste ich verstehen, was die Jahn mit einem Besen auf der Straße machte und was ich damit zu tun haben sollte. Als sich so nach und nach alle Erinnerungen eingestellt hatten, konnte ich nur murmeln: »Die ist nicht normal, Frieda, glaub mir, kein Mensch kehrt die Straße um diese Zeit und schon gar nicht, wenn der Mann gestorben ist.« Ich hoffte, überzeugend geklungen zu haben, und drehte mich wieder um, um weiterzuschlafen.

»Lena, erstens kehren alle Leute in der Hohen Tanne samstags ihren Bürgersteig, und zweitens hast du versprochen, bei der Jahn zu spionieren.« Tante Friedas Ton war streng. Zu streng für meinen Geschmack. Ich gab auf, drehte mich um, blitzte Frieda böse an und stieg aus dem Bett.

»Gibt es wenigstens Kaffee, wenn du mich schon aus dem Bett schmeißt?«

Frieda lächelte zufrieden und säuselte: »Selbstverständlich, mein Schatz.« Sie ging vor mir die Treppe hinunter und hatte den Gang eines Feldmarschalls. Ich fühlte mich wie ein armer, kleiner Soldat, der sich den Befehlen nicht widersetzen konnte, schlüpfte kurz ins Bad, um wenige Minuten später am Küchentisch hastig zwei Tassen Kaffee in mich reinzuschütten, den Blick immer auf die Straße gerichtet, um abschätzen zu können, wie lange Frau Jahn noch mit Kehren beschäftigt sein würde.

»Frieda«, bettelte ich, »ich kann das nicht. Ich bin noch gar nicht richtig wach. Ich muss doch meine Sinne beieinanderhaben, außerdem arbeitet mein Hirn noch nicht richtig. Bitte, ich brauche mehr Zeit.«

Frieda seufzte. »Also mit dir kann man kein erfolgreiches Detektivbüro führen!«

»Ach, Frieda, bitte. Du weißt doch, dass ich am Morgen mehr Zeit benötige als du!«, maulte ich vor mich hin.

»Gut, dann fahren wir jetzt einkaufen«, bestimmte Frieda resolut. »Zuerst fahren wir auf den Dottenfelder Hof, die haben die besten Kartoffeln für meine Klöß, danach zum Supermarkt.«

»Frieda!«, rief ich entsetzt, »da sind wir ja einen Tag lang unterwegs! Können wir nicht auf den Markt nach Hanau für die Kartoffeln?«

Ich liebte den samstäglichen Spaziergang auf dem Hanauer Marktplatz, und es leuchtete mir nicht ein, warum ich bis Bad Vilbel fahren sollte. Aber ich wusste auch, dass jeder Widerstand zwecklos war. Zu meinem Erstaunen gab Frieda nach – das tat sie sonst nie!

»Also gut, zuerst auf den Markt.«

Nach dem Markt fuhren wir doch noch auf den Dottenfelder Hof. Hätte ich mir ja denken können, dass niemand sonst diese Kartoffeln hat, die Frieda für ihre Klöße braucht. Mittlerweile war es Nachmittag geworden. Ich wollte noch einen Kaffee trinken und dann nach Hause fahren. Schließlich musste ich noch an dem Layout für die Apotheke arbeiten.

Nach einem saftigen Stück Kuchen, den Frieda mal ausnahmsweise nicht selbst gebacken hatte, ging ich zum Auto. Vorher hatten wir ausgemacht, dass ich pünktlich für den Sauerbraten morgen Mittag wieder da sein würde.

Gerade als ich in mein kleines Auto steigen wollte – Frieda hatte mir eine Tankfüllung spendiert –, kam Frau Jahn aus dem Haus. Wie immer mit den Zehen in der Luft voraus.

»Ach, Frau Jahn!«, rief ich erfreut, überquerte die Straße und schüttelte ihr mit einer ausholenden Geste die Hand. »Gut, dass ich Sie sehe!«, tönte ich wie ein Verkäufer, der Zeitungsabonnements verkaufen will. »Ich habe mir Gedanken gemacht, wo Sie am besten in Sachsenhausen aufgehoben wären.« Und im vertraulichen Ton fügte ich leise hinzu: »Wobei ich ja überhaupt nicht verstehe, warum Sie hier wegwollen! Ich jedenfalls möchte nicht die Erinnerungen missen, die ich mit dieser Straße verbinde ... an Ihren Mann, der uns Kinder zum Schwimmen einlud. Erinnern Sie sich? Der kleine Freddie von hinten war auch immer dabei.«

Ich beobachtete, wie sich der Körper von Frau Jahn anspannte und sie den Kopf reckte, als wolle sie sich größer machen. Sie überlegte, wen ich meinen könnte. Plötzlich erhellte sich ihr Gesicht, als wäre ihr gerade eine Erinnerung gekommen, und sie lächelte. »Ja, jaaaa«, sagte sie langgezogen, »natürlich, der kleine Freddie von Frau Schulenburg. Wie konnte ich den vergessen. Is ja schon lange weg, der Junge. Um das Haus kümmert er sich überhaupt nicht. Ein Schandfleck is das! Na ja, seine Mutter hat ja auch nichts an dem Haus mache lasse. Kein Garten angelegt, gar nix, grad so, als wäre sie immer auf Abruf.«

»Haben Sie denn was von Freddie gehört? Ich würde gerne wissen, wie es ihm geht?« Erwartungsvoll sah ich Frau Jahn an, die aber nur den Kopf schüttelte.

»Tante Frieda meinte, er wäre bei der Beerdigung seiner Mutter gewesen«, hakte ich nach.

Die Augen von Frau Jahn fingen an zu flackern, aber sie hatte sich schnell wieder im Griff, lächelte mich an und zeigte dabei ihre kleinen, gleichmäßigen weißen Zähne. »Nee, Lena, kann ich nix zu sagen. Bei der Beerdigung von Frau Schulenburg war ich nicht. Mit der hatte ich doch nix zu tun.« Ihre Stimme ging am Ende des Satzes in die Höhe und hatte einen abfälligen Klang.

»Ich melde mich, sowie ich von einer schönen Wohnung höre!«, versprach ich und ging schnurstracks wieder ins Haus von Tante Frieda. Ich wusste, sie hatte die ganze Zeit am Küchenfenster gestanden und uns durch die Vorhänge beobachtet.

»Und?«, empfing sie mich ungeduldig.

»Nichts«, sagte ich enttäuscht. »Entweder die ist mit allen Wassern gewaschen oder komplett schuld- und ahnungslos. Ich hatte schon das Gefühl, dass sie etwas angespannt ist, aber ich kann mich auch täuschen.«

Frieda nahm die Hundeleine, rief den kleinen Dackel, der freudig angewackelt kam, und verließ mit Hund und mir das Haus.

»Mal sehen, was ich noch in Erfahrung bringen kann«, sagte sie mit einem leichten Vorwurf in ihrer Stimme und marschierte Richtung Wald.

## 16

Peter Bruchfeld wachte nach einer durchgeschlafenen Nacht erholt auf und sprang aus dem Bett. Im Bad übermannte ihn die Erinnerung an Jasmin und ihre dicken Brüste. Er versuchte, die Bilder aus seinem Kopf zu schütteln. »Es ist die Frau von deinem Freund«, sagte er streng zu seinem Spiegelbild. »Vergiss sie augenblicklich.« Er spritzte sich kaltes Wasser ins Gesicht, als könnte er damit die Erinnerung an diesen üppigen Frauenkörper löschen.

In der Küche schrieb er eine Liste mit allen Küchenutensilien, die er brauchen würde, und fuhr gut gelaunt zu Ikea. Er hatte sich vorgenommen, seine Bleibe wohnlich zu gestalten und alle Umzugskisten und Koffer, aus denen er nun schon über ein halbes Jahr lebte, endlich in den Keller zu verbannen. Außerdem wollte er Bärbel zum Essen einladen, und sein Geschirr bestand nur aus ein paar angeschlagenen, alten Einzelteilen. Alles andere hatte er seiner Exfrau gelassen.

Auf dem Parkplatz von Ikea angekommen, wollte er schon wieder umdrehen. Er hatte nicht damit gerechnet, dass das Möbelhaus so voll sein würde. Aber was sich

Peter Bruchfeld vorgenommen hatte, führte er auch zu Ende. Er stapfte missmutig in das Möbelhaus und ärgerte sich über die drangvolle Enge, die tobenden Kinder und völlig überforderten Eltern.

Peter Bruchfeld hatte sich immer eine Familie gewünscht, aber seine Ehe war kinderlos geblieben. Seine Exfrau hatte ihn gedrängt, er möge sich bitte auf Zeugungsfähigkeit untersuchen lassen, was er jedoch vehement abgelehnt hatte. Sicher ein Grund, mich zu verlassen, dachte er zerknirscht. Aber wenn er Kinder hätte, so ein Benehmen würde er niemals durchgehen lassen. Er sah missbilligend die Eltern an, die den Preis eines Sofas diskutierten, während die dazugehörigen Kinder mit schlammigen Straßenschuhen kreischend auf dem Sitzmöbel rumsprangen. Ein mit rosafarbenen Schleifchen überladenes Mädchen räumte das Porzellan aus einem Schrank und ließ es scheppernd zu Boden fallen.

Er zuckte bei dem Lärm zusammen, dachte aber, selbst schuld, echtes Porzellan als Deko zu verwenden. Die Mutter zog das Mädchen sanft weg, ließ das Porzellan auf dem Boden liegen und säuselte in sanftem Singsang: »Weißt du, Cayenne, das macht man nicht. Andere Menschen möchten doch sehen, wie man einen Schrank einräumt. Die wissen das vielleicht nicht.«

Er sah der Mutter mit der rosafarbenen Wolke an der Hand kopfschüttelnd nach. Er grinste in sich hinein, bei dem Namen weiß das Kind wenigstens, was von ihm erwartet wird.

Bis er alle benötigten Dinge in seinen Wagen geladen hatte und er sich verhob, als er versuchte, einen in ein kompaktes Paket zusammengelegten Schrank aus dem Regal zu wuchten, fluchte er und fragte sich, warum er nicht in ein Möbelhaus gefahren war, bei dem man alles bequem aussuchen konnte und dann von freundlichen Männern geliefert bekam.

Als er die endlose Schlange an der Kasse endlich überwunden hatte, musste er nochmals anstehen, weil ein Möbelstück im Abhollager entgegengenommen werden musste. Das war am anderen Ende des Parkplatzes, und große Schilder wiesen darauf hin, dass man einen Kaffee umsonst erhielt, wenn man länger als zehn Minuten warten musste. Er harrte mit seinen schlimmen Rückenschmerzen über dreißig Minuten aus, und seine Laune war auf dem Tiefpunkt. Er zankte streitlustig mit den Mitarbeitern in blau-gelber Bekleidung und drohte damit, die drei Kaffee, die ihm zustehen würden, eigenhändig gegen die Wand zu klatschen. Er kündigte an, alles stehen zu lassen und sein Geld zurückzuholen.

»Das steht Ihnen selbstverständlich zu«, erklärte ihm ein Mitarbeiter gelassen. »Sie müssen aber trotzdem warten, bis Sie die Ware erhalten haben, und für einen Umtausch mit der Ware und Ihrem Kassenzettel drüben im Haupthaus in die Kundenservice-Abteilung. Die Wartezeit beträgt dort im Moment mindestens fünfunddreißig Minuten.«

Peter Bruchfeld schnappte nach Luft, nahm nach weiteren zehn Minuten sein Paket entgegen und ging mürrisch damit zum Auto. Nie mehr tue ich mir das an, nie mehr!, schwor er sich und fuhr schlecht gelaunt nach Hause.

Zurück in seiner Wohnung, nahm er sich erst mal ein Bier aus dem Kühlschrank, warf sich aufs Sofa und schaltete sein altes Fernsehgerät an.

In dem Moment klingelte es. Er stand ächzend auf und schleppte sich zur Tür. Als er öffnete, entglitten ihm sämtliche Gesichtszüge. Mit offenem Mund erstarrte er zur Salzsäule. Jasmin stützte sich mit einer Hand lässig am Türrahmen ab, in der anderen hielt sie eine Flasche Champagner.

»Willst du mich nicht reinlassen?«, gurrte sie. »Ich wollte doch zumindest auf deine neue Wohnung mit dir anstoßen.«

Jasmin hatte ein tief ausgeschnittenes, kurzes, enganliegendes Kleid aus weichem Trikot-Stoff an, das jede ihrer Kurven betonte. Sie schmiegte sich an Peter und hauchte ihm ins Ohr: »Ich musste dich unbedingt wiedersehen.«

Peters Herz fing an zu rasen, er bekam schweißnasse Hände und schloss die Augen für einen Moment. Scheiße, dachte er, was mache ich nur? Bevor ihn eine tiefere Verzweiflung packen konnte, zog ihn Jasmin am T-Shirt in die Wohnung, schloss die Tür von innen und packte ihm augenblicklich zwischen die Beine, während sie begann, ihn wild und leidenschaftlich zu küssen. Ab diesem Zeitpunkt dachte Peter nichts mehr, er gab sich leidenschaftlich seinem Verlangen hin.

## 17

Tante Frieda war an diesem Sonntag früh aufgestanden. Schließlich erwartete sie ihre Nichte zum Mittagessen, und da musste noch einiges vorbereitet werden. Doch erst mal war der Hund an der Reihe. Frieda mochte es, kurz nach Sonnenaufgang loszugehen. Der Wald war dann so frisch und unberührt, und sie liebte die Stimmung, wenn der Tau noch in den Spinnweben hing. Auf dem Weg zum Bolzplatz zuckte sie vor Schreck zusammen, als plötzlich ein großer Schäferhund vor ihr stand. Ihr erster Impuls war es, die kleine Dackelhündin Amsel auf den Arm zu nehmen. In diesem Moment ließ sie aus Versehen die Leine los, und der Dackel sprang bellend und kampfeslustig dem Schäferhund entgegen. Frieda stockte der Atem, sie wollte gerade aufschreien, als der Schäferhund freudig die Vorderläufe auf den Boden legte und sein Hinterteil in die Höhe reckte. Eine eindeutige Spielaufforderung, die auch Amsel verstand und die sofort mit dem großem Hund Runden auf dem Bolzplatz drehte. Frieda eilte hinterher, da sah sie, wem der Schäferhund wohl gehören musste: Ein Mädchen saß zusammengekauert auf der alten Holzbank und wischte sich Tränen aus dem Gesicht. Frieda setzte sich neben die junge Frau und fragte: »Du bist doch das Mädchen aus dem Schulenburg-Haus, oder?«

Das Mädchen zuckte mit den Schultern. »Kann sein. Das erste rechts, wenn Sie aus dem Wald kommen.« Sie zeigte mit der Hand in die Richtung, in der das Haus ungefähr lag.

»Da wohnt doch auch dieser hübsche, junge Mann?«, hakte Frieda neugierig nach.

»Nicht mehr«, erwiderte das Mädchen knapp.

»Oh, habt ihr euch gestritten?« Frieda vermutete einen Beziehungsstreit. Das würde auch erklären, warum das Mädchen weinte.

Das Mädchen schüttelte nur traurig den Kopf. »Tot.«

»Wieso tot?« Frieda war erschrocken. Sie kümmerte sich nicht darum, was in diesem Haus geschah. Wer darin lebte, hatte sie nur zufällig mitbekommen, weil sie mindestens dreimal täglich mit Amsel daran vorbeiging. Das Einzige, was sie missbilligend zur Kenntnis nahm, war die zunehmende Verwahrlosung. Unordnung konnte Frieda Engel nun mal nicht leiden. »Ist er im Haus?«, fragte Frieda weiter, weil das Mädchen nichts mehr sagte.

Stumm schüttelte das Mädchen den Kopf, und Frieda spürte, wie die junge Frau mit den Tränen kämpfte. Frieda saß schweigend daneben und wartete geduldig, bis sie sich beruhigt hatte. Amsel lag mittlerweile hechelnd unter der Bank und reagierte nicht mehr auf den Schäferhund, der unternehmungslustig umhertapste und weiter versuchte, den kleinen Dackel zu animieren.

»Einen schönen Hund hast du da! Wie alt ist er denn?« Vorsichtig wagte Frieda einen weiteren Versuch, um mit dem Mädchen ins Gespräch zu kommen. Wenig später wusste Frieda alles, was sie wissen wollte, und lud das Mädchen spontan zum Essen ein.

# 18

Als ich pünktlich um eins in Friedas Küche erschien, staunte ich nicht schlecht über einen zusätzlichen Gast.

»Das ist Niki. Die junge Dame wohnt hinten im Schulenburg-Haus. Erinnerst du dich, Lena? Dort ist dein Jugendfreund Fred aufgewachsen.«

Natürlich erinnerte ich mich, hatten wir uns doch erst vor ein paar Tagen über Fred und seinen möglichen Erzeuger unterhalten. Mir dämmerte es, dass Frieda mit ihrer liebenswürdigen und unkonventionellen Art, die junge Frau gleich mit Vornamen vorzustellen, etwas bezwecken wollte. Ich betrachtete Niki unauffällig und versuchte, sie irgendwie einzuordnen. Sie war extrem nachlässig gekleidet. Das löchrige T-Shirt, das eine teure Marke noch ahnen ließ, reichte ihr knapp bis zum Bauchnabel, der mit einem riesigen, funkelnden Stein gepierct war. Tätowierungen am Hals und innen an den Unterarmen, kleine silberne Ringe in den Augenbrauen und Lippen, außerdem bemerkte ich viele kleine, dünne und feine Narben an Armen und Händen. Sie schaute mich argwöhnisch an und presste ein leises, schüchternes »Hallo« heraus. Trotzdem erkannte ich sofort, dass auch ihre Zunge gepierct war.

Normalerweise macht meine liebe Tante um solche Menschen einen großen Bogen. Schon oft hatte sie ihre Verachtung kundgetan, die sie für gepiercte Menschen empfand. »Das ist doch ekelig! Wie kann man sich so etwas antun! Das ist selbstzerstörerisch. Warum halten Eltern ihre Kinder nicht zurück?«, pflegte sie mir ihr harsches Urteil zuzuraunen, wenn wir bei unseren Einkaufs-Touren jungen, gepiercten Menschen begegneten.

Niki machte sich beim Essen über die Klöße her, als hätte sie schon seit Tagen nichts mehr gegessen. Sie fragte sogar nach dem Rezept. Aber Tante Frieda lächelte nur geschmeichelt. Manche Rezepte rückte sie nie raus. Sie zu bekommen hatte ich schon oft genug versucht. Immerhin habe ich das Versprechen von Tante Frieda, dass ich ihre Aufzeichnungen erben werde. Die Frage bleibt natürlich, ob ich jemals in der Lage sein werde, so wundervoll fluffige Klöße zu machen, die sich geradezu gierig mit der sämigen Soße vereinen.

Tante Frieda erklärte nun, worum es ging. Ein stattlicher Mann, ein feuriger Mexikaner hatte das Schulenburg-Haus von Freddie gemietet. Sie war verblüfft, dass mir dieser Mann noch nie aufgefallen war.

»Du gehst doch so oft mit Amsel, da hast du ihn doch bestimmt schon mal gesehen?«

Ich konnte nur den Kopf schütteln. Weder der Mann noch die junge Frau waren mir jemals bei meinen Besuchen aufgefallen.

»Weißt du, Tantchen, ich gehe mit Amsel immer in die andere Richtung, nach Wilhelmsbad, ich finde es im

Park schöner als da hinten im Wald«, erwiderte ich schulterzuckend.

»Jedenfalls«, fuhr meine Tante unbeirrt fort, »dieser Mann ist ermordet worden.«

Mir blieb bei dieser Nachricht fast der Bissen im Halse stecken. Ich legte erst mal das Besteck beiseite und sah Niki fragend an. Sie hatte sich bis dahin nicht an der Unterhaltung beteiligt und machte einen zutiefst verunsicherten Eindruck.

Auf meinen Blick hin antwortete sie etwas gereizt: »Ich war es jedenfalls nicht.«

»Das habe ich auch nicht gesagt.« Ich blieb ganz ruhig. »Aber können Sie etwas zu den Umständen sagen?«

Niki verdrehte die Augen. »Sie fragen wie die Polizistin gestern.«

Ach, dachte ich, interessant ... jedenfalls, wenn die Polizei schon da war, kann nichts Dramatisches mehr passieren. Zumindest kann ich dieses gepiercte Mädchen als Mörderin ausschließen. Sonst wäre sie ja hinter Schloss und Riegel, hoffte ich zumindest.

In meiner Phantasie war ich schon zu dem Haus gerannt und hielt es durchaus für möglich, dass ich mit Frieda eine männliche Leiche verschwinden lassen müsste, weil die alte Tante in ihrer warmherzigen Hilfsbereitschaft dem Mädchen unter die Arme greifen wollte.

Den Film in meinem Kopf konnte ich wohl sofort löschen. Beruhigt saugte ich mit den letzten Kloßstückchen die Soßenreste auf meinem Teller auf.

»Tante Frieda, du hast dich mal wieder selbst übertroffen! Ich kann mich nicht daran erinnern, jemals einen so guten Sauerbraten gegessen zu haben!« Ich lehnte mich satt und zufrieden zurück.

Niki sprang jedoch gleich auf, räumte den Tisch ab und alles in die Spülmaschine. Na, immerhin weiß sie, was sich gehört, dachte ich müde.

»Am Freitagabend wurde der Mann an der Kinzig gefunden. Die Polizei war am Abend noch bei Niki, und gestern musste sie den Mann identifizieren. Sie wurde von der Polizei abgeholt und nach Frankfurt in die Kennedyallee zur Gerichtsmedizin gebracht. Das hat sie mitgenommen. Nicht, wahr?« Frieda tätschelte mitleidig die Hand dieser Niki.

»Kennedyallee in Sachsenhausen?«, fragte ich ungläubig nach.

Frieda konnte manchmal eine unglaubliche Klugrednerin raushängen lassen. »Weißt du das nicht, Liebes? Institut für Forensische Medizin.« Sie merkte wohl an meinem verzerrten Gesicht, was ich von ihren Ausführungen hielt, deshalb beeilte sie sich, wieder in den besorgten Tantenton zu fallen: »Das eigentliche Problem ist, dass der Mann Niki erlaubt, in dem Haus zu wohnen, und jetzt weiß sie nicht, was sie machen soll.«

»Ich denke, das Haus gehört dem Freddie?«

»Keiner weiß, wo Freddie abgeblieben ist, und Niki kennt ihn nicht«, erwiderte Frieda.

»Aber der Mexikaner kannte ihn?«, hakte ich nach.

Das junge Mädchen nickte und war plötzlich sehr munter. »Ja, klar. Rodiquez hat mir erzählt, dass er das Haus für 'n Appel und 'n Ei von einem ehemaligen Studienkollegen gemietet hat. Und ich weiß auch, dass es einen Mietvertrag gibt. Vor ein paar Wochen waren die Bullen da, weil es angeblich Beschwerden gab und einen Anruf bei der Polizei, das Haus wäre von Landstreichern besetzt. Der Rodi konnte gut mit den Bullen. Er hat denen den Mietvertrag gezeigt und erklärt, dass alles legal ist.«

»Und Sie waren mit dem Mexikaner zusammen?«, fragte ich mitfühlend. Dann, überlegte ich mir, wäre ich auch völlig von der Rolle, wenn ich meinen Lebensgefährten identifizieren müsste.

Das junge Mädchen schaute mich erstaunt an und hob dabei ihre gepiercte Augenbraue, was irgendwie komisch aussah. »Nee«, antwortete sie, »der Rodi war schwul!«

Aus dem Augenwinkel wollte ich Friedas Reaktion auf diese Nachricht sehen.

»Für einen südamerikanischen Macho doch eher selten«, gab sie konsterniert von sich.

»Jedenfalls müssen wir diesen Mietvertrag finden. In dem Vertrag steht sicher die Adresse vom Freddie. Den rufen wir dann an.«

Frieda hatte sich sofort wieder gefangen. Ich wusste noch, wie sie sich über meine innige Beziehung zu einem schwulen Schulfreund aufgeregt hatte. Eins der wenigen Themen, über die man mit ihr nicht reden konnte. Wahrscheinlich war Freddie auch schwul. Das hatte ich nicht gewusst, erschien mir aber möglich. Als wir Teenager-Partys feierten, hatte sich Freddie nie für mich oder ein anderes Mädchen interessiert, fiel mir nun wieder ein.

Während ich meinen Gedanken nachhing, sagte das Mädchen: »Ich hab schon gesucht, aber nix gefunden.«

»Lass uns nur machen.« Frieda tätschelte ihr die Hand. »Wir helfen dir. Die Lena kennt den Freddie noch von früher, die macht das schon.«

Na prima, dachte ich, das fehlt mir gerade noch.

Das Mädchen fing an, nervös hin- und herzurutschen. »Das wird nicht nötig sein. Ich weiß ja, nach was ich suchen muss. Rodi hatte so einen alten Aktenkoffer, den finde ich schon noch. Das Haus ist ja nicht so groß.«

Frieda plauderte unbekümmert weiter und ignorierte den Einwand von Niki. »Weißt du, Niki, die Lena ist fast in der gleichen Situation wie du. Ihr Vater ist gestorben, da war sie noch ein kleines Kind, und ihre Mutter hat sich nicht um sie und ihren Bruder gekümmert.«

Ich funkelte Frieda böse an, denn ich konnte nicht leiden, dass meine intime Familiensituation vor unbeteiligten Dritten breitgetreten wurde. Zumal diese Niki sicher über zwanzig Jahre jünger war als ich. »Ich glaube nicht, dass es da Parallelen gibt«, erwiderte ich spitz.

Woraufhin Tante Frieda ungehalten den Kopf schüttelte. Wahrscheinlich machte ich ihren schönen Plan, von dem ich zwar nichts wusste, zunichte, wenn ich nicht mitspielte. Also sagte ich in versöhnlichem Ton: »Ich rede nur nicht gerne darüber.«

Niki nickte mir zu. »Geht mir genauso. Ey, heute Morgen war ich so fertig. Ich habe die ganze Nacht nicht geschlafen, und zum ersten Mal hatte ich richtig Schiss alleine in dem Haus. Ich weiß nicht, wie es weitergehen soll. Bis gestern war ich in dem Glauben, Rodi kommt bald zurück. Ihre Tante hat mich getröstet, und da habe ich ihr alles von meiner Familie erzählt.«

»Jetzt koche ich uns noch eine schöne Tasse Kaffee, und dann helfen wir Niki bei der Suche nach dem Mietvertrag!« Energiegeladen stand Frieda auf.

Ich selbst hätte allerdings lieber ein Schläfchen auf dem Sofa gemacht.

Niki stürzte den Kaffee hinunter, stand auf und verabschiedete sich schnell. Ich sah fragend zu Frieda, die auch sofort aufsprang und sich Niki in den Weg stellte. »Halt, halt! Nicht so schnell, junge Dame! Wir kommen mit!«

Auf dem Weg zum Schulenburg-Haus fragte ich Niki, wie denn ihr Mitbewohner gestorben sei. Irgendwie dachte ich bei Mord immer an eine Schusswaffe oder ein Messer, aber Niki schüttelte den Kopf.

»Keine Gewaltanwendung, mehr weiß ich auch nicht«, sagte sie und wurde plötzlich ganz blass.

»Was ist los?«, fragte ich besorgt.

Sie schluckte und sah mich mit glanzlosen Augen an. »Mir ist kotzübel. Zum ersten Mal habe ich einen Toten gesehen. Die haben den Rodi aus so 'nem Kühlschrank geholt, der war voll mit Leichen. Ein Regal wie im Laden, voll mit Toten.« Niki schüttelte sich. »Und der Mann da, der hat gesagt, ich soll mich nicht wundern, wenn ich Geräusche höre. Die Leichen gluckern manchmal noch. Und der Rodi war ganz weiß, fast durchscheinend, so bläulich, so – äh – ich weiß nicht ... und dann dieser Zettel an dem ... großen Zeh.« Während Niki stockend sprach, fing sie an zu taumeln, und ich konnte sie gerade noch auffangen, bevor sie mit dem Kopf auf den Bürgersteig schlug. Ich kniete mich hin und hielt den Kopf von Niki auf dem Schoß. Frieda beugte sich zu ihr und tätschelte ihr die Wange.

»Wir rufen am besten einen Notarzt.« Ich wollte meine Tante gerade zurück in ihr Haus schicken, um mein Handy zu holen, das in der Küche lag. Aber Frieda wollte davon nichts wissen.

»Ach was«, tat Frieda ab, »das Mädchen hat sich gleich wieder gefangen.«

Tatsächlich schlug Niki in diesem Moment benommen und flackernd die Augen auf. »Mir war plötzlich schwarz vor Augen, und meine Ohren waren irgendwie zu ... ich weiß nicht.«

Frieda lächelte Niki an, als wäre alles in bester Ordnung. »Na, mein Kind, das hatten zu meiner Zeit die jungen Frauen andauernd, ständig sind sie reihenweise in Ohnmacht gefallen. Jetzt gehen wir ein paar Schritte, das bringt den Kreislauf wieder in Schwung. Und im Haus trinkst du ein Glas Wasser – dann bist du wieder fit!«

Das ist meine Tante Frieda. Ich seufzte. Schwäche zeigen gibt es nicht.

Am Schulenburg-Haus angekommen, versicherte Niki uns, mit ihr wäre alles in Ordnung, und sie wolle sich nun lieber hinlegen. Den Mietvertrag könne man morgen auch noch suchen. Dann schlüpfte sie ins Haus und machte uns die Tür vor der Nase zu.

Auf dem Rückweg fragte ich Frieda, was sie sich überhaupt dabei gedacht hatte, diese Göre einzuladen. »Mit der stimmt doch was nicht. Einerseits geradezu lethargisch, dann wieder nervös und zappelig.«

»Ich hatte gehofft, mich in dem Haus umsehen zu können, ich habe das Gefühl, ich finde da die Antwort. Aber ...« Frieda drehte den Kopf und blickte zu dem Haus. »Wir kommen da auch so rein.«

»Spinnst du jetzt komplett? Du willst doch wohl hoffentlich nicht da einbrechen!«

»Lena, ich bitte dich!« Frieda sah mich geradezu entsetzt an. »Das wirst natürlich du machen.«

# 19

Am Montagmorgen traf sich das komplette Team unter der Leitung von Josef Geppert im Besprechungszimmer. Peter Bruchfeld trudelte ein paar Minuten später ein, hielt in der einen Hand einen großen Pappbecher Kaffee, in der anderen eine Tüte vom Bäcker.

»Herr Bruchfeld, einen schönen guten Morgen! Auch für Sie beginnt die Dienstzeit um acht«, kam es streng und eisig von Geppert.

Peter Bruchfeld schaute irritiert in die Runde. »Ich war erst mal an meinem Schreibtisch«, protestierte er. »Was ist denn los?«

»Herr Bruchfeld, am Wochenende haben alle auf Hochtouren gearbeitet – nur Sie habe ich vermisst.« Geppert starrte Peter Bruchfeld über den Rand seiner Brille hinweg an.

»Herr Geppert, ich habe Peter bewusst nicht Bescheid gesagt. Er sollte sein freies Wochenende haben«, schaltete sich nun Bärbel ein.

Herr Geppert sah Bärbel schweigend an. Sie hatte sich eigenmächtig über seine Anordnung hinweggesetzt, alle Kollegen zu unterrichten.

Und schnell fügte Bärbel noch hinzu: »Du warst doch

bei deiner Mutter, Peter?« Sie wusste aus Erfahrung, dass dies einer der wenigen Gründe war, die Geppert als Entschuldigung gelten ließ.

Josef Geppert schaute schweigend von Bärbel zu Peter, der nur stumm nickte.

»Nun«, Herr Geppert schaute in die Runde, »da wir ja alle vollzählig sind, fassen wir noch mal kurz zusammen, was wir im Mordfall Rodiquez Aviles haben.«

Bärbel atmete erleichtert aus und antwortete Peter nur mit einem kurzen Kopfschütteln auf seinen fragenden Blick.

»Viel ist es nicht«, meldete sich Katrin zu Wort. »Wir haben zwar noch nicht die genaue chemische Zusammensetzung, aber der Befund ist wohl eindeutig. Tod durch Gift. Um welche Substanz es sich handelt, ist noch nicht vollständig geklärt. Wir wissen aber, dass diese einen Herzstillstand verursacht hat. Er ist am Fundort gestorben. Den letzten Aufenthaltsort von Rodiquez konnten wir noch nicht in Erfahrung bringen. Die Jugendlichen, die den Toten gefunden haben, stritten ab, ihn zu kennen. Das Mädchen aus der Hohen Tanne, das bei ihm wohnt, hat ihn identifiziert.«

»Wieso gehen wir nicht von Selbstmord aus?«, fragte Peter Bruchfeld in die Runde.

»Darauf gibt es keinen Hinweis«, antwortete Steffen.

»Auf Mord aber auch nicht, oder?« Peter sah hinüber zu Bärbel.

»Ist das der Tote, der uns bereits vor über einer Woche gemeldet wurde?«

Der Name war so selten und ungewöhnlich, langsam

dämmerte es Peter, in welchem Zusammenhang er ihn gehört hatte.

»Ja, genau der, aber zum Zeitpunkt der Meldung war er definitiv lebendig. Wir müssen aufgrund dieses Anrufs also von Mord ausgehen. Den Anruf könnte man auch als Ankündigung werten. Bei dem Mädchen war ich am Freitagabend noch mal. Sie hat Rodiquez Aviles vor ungefähr vierzehn Tagen das letzte Mal gesehen.«

»Gab es eine Hausdurchsuchung?«, wollte Peter wissen.

»Die werden wir heute durchführen. Irgendeinen Hinweis muss es geben«, erwiderte Geppert.

»Das Haus ist immer noch völlig verwahrlost, obwohl das Mädchen am Freitag aufgeräumt und gespült hat. Ich habe mich dort ein wenig umgesehen. Mir ist nichts Auffälliges unter die Augen gekommen«, berichtete Bärbel.

»Hat das Mädchen aufgeräumt, bevor sie vom Tod ihres Mitbewohners erfuhr oder danach?«

Bärbel hob die Augenbrauen. »Davor. Aber das halte ich, ehrlich gesagt, für keinen Hinweis, dass das Mädchen was damit zu tun haben könnte.«

Peter Bruchfeld zuckte mit den Schultern und fuhr seine Kollegin Katrin, die die offizielle Vertretung von Geppert gewesen war, an: »Aber wenn es einen Anhaltspunkt in dem Haus gegeben hat, wird dieser nicht mehr da sein. In einem Mordfall hätte sofort eine Hausdurchsuchung durchgeführt werden müssen. Denkt doch mal nach! Wenn es Gift war, ist der Mörder vielleicht davon ausgegangen, dass der Mann diese Substanz viel früher zu sich nimmt, im Haus stirbt, und wir sind deshalb verständigt worden.«

»Was hat eigentlich dein Gespräch mit der Maklerin ergeben?«, fragte Bärbel unvermittelt.

Diese Frage traf ihn genauso unvermittelt wie ein Faustschlag in die Magengrube. Er war nach dem Besuch von Jasmin am Samstag innerlich zerrissen. Sein schlechtes Gewissen, das er seinem Freund Andreas gegenüber empfand, hatte ihn dazu getrieben, seine ganze Wohnung zu putzen und aufzuräumen, als könne er damit das Geschehene einfach wegwischen. Am Nachmittag hatte er dann noch eine Tour mit dem Fahrrad zur Ronneburg gemacht, mit dem Ergebnis, dass ihm sein Hintern und seine Beine höllisch weh taten. So einen Muskelkater hatte er schon lange nicht mehr gehabt! Er konnte kaum richtig laufen und auch die Knie nicht durchdrücken.

»Nichts. Die Maklerin kennt das Haus gar nicht.«

Bärbel sah Bruchfeld erstaunt an. Die Antwort kam nach ihrem Empfinden zu schnell und zu scharf im Tonfall. Das fiel aber niemand anderem am Tisch auf.

»Gut«, schloss Josef Geppert die Sitzung. »Katrin und Steffen, Sie kümmern sich bitte um die Hausdurchsuchung. Der Staatsanwalt weiß Bescheid, und die Papiere sind in Arbeit. Bärbel, Sie gehen mit und versuchen, Namen von dieser Niki in Erfahrung zu bringen, alle Bekannten und so fort, und laden dann diese Personen zur Vernehmung vor. Und Sie, Peter, kommen bitte mit in mein Büro.«

Peter Bruchfeld schleppte sich mühsam dem davoneilenden Josef Geppert hinterher. Im Büro angekommen, ließ er sich sofort auf den Besucherstuhl fallen, ohne erst eine Aufforderung abzuwarten. Geppert fischte einen

Bogen Papier von seinem überladenen Schreibtisch und fuchtelte damit in der Luft herum. »Dieser Bericht ist das Papier nicht wert, auf dem er geschrieben ist!«

Peter versuchte zu erkennen, was es war.

»Der Bericht von unserem Psychologischen Dienst«, polterte Geppert weiter. »Sie quälen mit Ihren Launen seit geraumer Zeit das komplette Team, und dann spielen Sie dem Psychologen das Scheidungsopfer vor!«

Peter Bruchfeld wurde rot vor Wut. Am liebsten hätte er sofort zurückgebrüllt. Er fühlte sich mit dem Rücken an der Wand, musste sich aber eingestehen, dass er wegen des Besuchs von Jasmin und seiner Gewissensnöte belastet war und deshalb nicht ruhig denken konnte. Bis zehn zählen, Peter, beruhigte er sich selbst. Tief atmen. Jasmin und das, was wir getan haben, hab nichts mit dem hier zu tun. Er atmete noch einmal tief ein.

Geppert war kurz davor, die Geduld zu verlieren, aber da hatte sich Peter Bruchfeld wieder gefangen. »Herr Geppert, ich habe kein Scheidungsopfer gespielt. Ich habe sehr unter meiner Scheidung gelitten – aber das ist jetzt vorbei. Nichts anderes habe ich dem Psychologen gesagt. Tut mir leid, wenn ich meinen Kollegen damit zu nahe getreten bin. Ich werde mich in aller Form entschuldigen.«

Geppert starrte seinen Mitarbeiter an. Damit hatte er nicht gerechnet. Auch er kannte Bruchfeld als einen cholerischen, unbeherrschten Menschen. Doch er stachelte weiter. »Nun, Bruchfeld, die Scheidung kam doch nicht unvorbereitet. So was passiert ja nicht von heute auf morgen.«

»Nein, natürlich nicht. Ich bin Ihnen dankbar, dass Sie so viel Geduld mit mir hatten.«

»Damit ist es aber jetzt vorbei, Bruchfeld ...« Geppert ließ den Satz unvollendet. Eigentlich wollte er Peter Bruchfeld eine Abmahnung erteilen, war aber so erstaunt über dessen umgängliche, einsichtige Art, dass er es sich anders überlegte. »Gut, dann fragen Sie mal im Labor nach, ob die Ergebnisse da sind.« Mit einer Handbewegung winkte er Peter zur Tür hinaus.

Peter Bruchfeld biss die Zähne zusammen, um trotz seines Muskelkaters kerzengerade und mit festem Schritt zur Tür zu kommen. Im Flur lehnte er sich mit schmerzverzerrtem Gesicht an die Wand und ballte die Hände zu Fäusten.

## 20

Frieda und ich beugten uns über den Koffer, dessen Schloss sie mit geschickten Händen und dem Werkzeug aus der Kiste, die ihr mein Bruder zu Weihnachten geschenkt hatte, geöffnet hatte. Ein formloser Mietvertrag mit der Adresse von Fred in Mexiko fand sich tatsächlich. Aber auch ein paar hundert Euro, ein ganzer Haufen kleiner Tütchen mit Marihuana und ungefähr fünfzehn kleine braune Fläschchen mit Tabletten.

»Frieda«, japste ich, »jetzt werde *ich* ohnmächtig. Was haben wir nur getan?«

Auch Frieda war leichenblass und starrte den Inhalt an. Sie hatte mich tatsächlich überredet, in das Haus zu gehen. Als Niki mit dem Schäferhund in den Wald Gassi gegangen war, hatte Frieda sich mit Amsel hinterhergemacht und mir hinter ihrem Rücken zugewinkt. Vorher hatte sie mich aufgeklärt, dass Niki so gut wie nie die Haustür abschloss. So war es dann auch gewesen.

Für mich war es – abgesehen von dem Gefühl, etwas Verbotenes zu tun – ganz merkwürdig. Ein Ausflug in die Kindheit. Nur war mir als Kind dieses Treppenhaus immer gewaltig vorgekommen. Alles war so riesig, so wuchtig und mächtig gewesen. Nun empfand ich die Enge und die dunklen Farben als beklemmend. Ich sah nur kurz in die Küche und ins Wohnzimmer und ging dann gleich nach oben in Freds Zimmer. Es war zwar mittlerweile zur muffigen Rumpelkammer geworden, aber die Möbel standen noch genau so wie damals. An den Wänden vergilbte Poster von Queen. Hatten wir ihm damals nicht wegen Freddie Mercury auch ein »die« an seinen Namen gehängt? Wie lange ist das her? Es muss vor 1990 gewesen sein. Ich ärgerte mich, dass ich den Kontakt zu Freddie verloren hatte. Er war ein guter Freund gewesen. In dem Bett hatte ganz offensichtlich lange niemand mehr geschlafen. Es war zwar durchwühlt, und ein roter Schlafsack lag zerknüllt darauf, doch konnte man auf dessen ehemals glänzendem Stoff in den letzten Sonnenstrahlen, die schräg durch das Fenster fielen, sehr gut die Staubschicht erkennen.

Ich schaute mich um und einer inneren Eingebung folgend unter das Bett. Da lag er. Ein brauner Aktenkoffer, wie man ihn früher hatte, um ins Büro zu gehen. Auch meine Mitschüler hatten damals alle einen Aktenkoffer, dachte ich belustigt. Heute schlurfen die Jungs lässig mit Rucksack oder großer Umhängetasche in die Schule.

Es war deutlich zu erkennen, dass der Koffer öfter bewegt worden war. Auf der dicken Staubschicht befanden sich viele Schleif- und Fingerspuren. Der Koffer war abgeschlossen. Ich dachte nicht lange darüber nach. Frieda wollte unbedingt die Adresse von Fred, um zu wissen, ob der Jahn sein Vater war und ob er von seinem Tod in Kenntnis gesetzt worden war. Also schnappte ich mir den Koffer, schlich die Treppe hinunter, spähte aus der Tür, ob mich auch keiner sehen würde oder Niki aus dem Wald käme, und lief schnell in das Haus von Frieda. Es hatte noch eine ganze Weile gedauert, bis Frieda mit Amsel zurückgekommen war und sie sich gleich über den Koffer hergemacht hatte.

Doch jetzt waren wir ratlos. Nach einer Weile sagte Frieda tonlos: »Das war ein Fehler. Ein großer Fehler. Wir können den Koffer nicht zurückbringen. Mir ist jetzt klar, warum Niki nicht wollte, dass wir ihr suchen helfen. Sie weiß, was in dem Koffer ist. Sie ist wohl süchtig und wollte an diese Drogen oder ans Geld oder beides. Ich weiß nur nicht, warum sie den Koffer noch nicht gefunden hat.«

»Hat sie vielleicht schon. War nur zu blöd, ihn aufzumachen.«

Frieda ließ sich verzweifelt auf einen Hocker sinken. »Drogengeld und Drogen in meinem Haus. Ich werde heute Nacht kein Auge zumachen können! Da fallen mir sämtliche grauenvollen Mafia-Geschichten ein. Wahrscheinlich werde ich erschossen.«

»Frieda, mach mal halblang«, versuchte ich, meine Tante zu beruhigen, obwohl auch mein Herz bis zum Halse schlug. »Ich nehme den Koffer mit, damit du ruhig schlafen kannst. Morgen sieht die Welt schon wieder anders aus. Dann überlegen wir in Ruhe, wie wir weiter vorgehen.«

»Lena«, hauchte Frieda, »es hilft nichts. Wir müssen zur Polizei.«

»Um zu sagen, dass wir eingebrochen sind und gestohlen haben? Nee, kommt gar nicht in Frage! Uns fällt schon noch eine Lösung ein«

Ich verstaute den Koffer in einer großen Plastiktüte eines Hanauer Bekleidungsgeschäfts, legte ein Geschirrtuch darüber und verabschiedete mich von Frieda. Am Abend hatte ich noch eine Verabredung mit einem früheren Kollegen. »Tut mir leid, Frieda, aber dem kann ich nicht absagen. Könnte sein, dass der einen Job für mich hat.« Ich hatte ein schlechtes Gewissen, meine Tante in dem aufgewühlten Zustand alleine zu lassen. Aber ich hatte auch Mitleid mir mir.

# 21

Bärbel fuhr mit ihrem privaten Kleinwagen in die Hohe Tanne. Sie hatte noch knappe zwanzig Minuten Zeit bis zum verabredeten Zeitpunkt mit der Spurensicherung. Bärbel fuhr kreuz und quer durch den kleinen Stadtteil und blickte fassungslos auf eine riesige Baustelle in der Hochstädter Landstraße. Dort hatte ihr persönliches Lieblingshaus gestanden. Sie war so oft daran vorbeigefahren und hatte versucht, durch die Bäume, die auf einem Grünstreifen die Häuser von der Straße trennten, einen Blick darauf zu werfen.

Es war eine weiße klassizistische Villa mit mächtigen Säulen gewesen. Bärbel seufzte traurig. Noch eine wunderschöne alte Villa, die für ein modernes Luxushaus mit einer riesigen Doppelgarage, damit die großen SUVs alle reinpassten, weichen musste. Ein großes Auto für jeden Haushalt ist hier nicht ausreichend, wie Bärbel jedes Mal wieder feststellte. Vor ein paar Jahren gab es noch den kleinen »Zweitwagen« für die Frau. Das gilt in der Hohen Tanne ganz sicher nicht, überlegte Bärbel und zählte in manchen großzügig geschnittenen Einfahrten gleich drei oder vier hochglänzende Luxuslimousinen. Und das sind ganz sicher nicht alles Autohändler, setzte sie ihre Überlegung fort und fuhr dann in die kleine Straße bis zum Waldrand. Katrin, Steffen und die Kollegen der Spurensicherung, die in weißen Anzügen steckten, waren schon vor Ort und holten gerade ihre Ausrüstung aus dem Auto.

Die Tür war zu, niemand öffnete auf Klingeln und Klopfen. Von drinnen hörte man den Schäferhund bellen. Bärbel überlegte kurz, ob sie die Tür aufbrechen lassen sollte. In dem Moment wurde die Tür geöffnet, und ein verschlafener, wuscheliger Kopf tauchte auf.

»Was ist 'n hier los?«, wollte Niki mürrisch wissen.

»Wir wollen uns mal ein bisschen bei dir umsehen«, sagte Bärbel nachsichtig.

»Wozu?«, keifte Niki böse. »Sie haben doch schon am Freitag hier geschnüffelt.«

Bärbel war irritiert. Das Mädchen hatte auf sie einen hilflosen, verletzlichen Eindruck gemacht, und nun war sie angriffslustig. Bärbel nahm sofort eine andere Körperhaltung ein, und Katrin zeigte Niki den Durchsuchungsbeschluss.

»Jetzt reden wir mal Tacheles«, sagte Bärbel in einem strengen Ton, der keine Widerworte duldete. »Du hast mir am Freitag mit keinem Namen dienen können, der irgendwie hilfreich gewesen wäre. Noch mal: Wo und wann und vor allen Dingen durch wen hast du Rodiquez Aviles kennengelernt?«

»Hab ich doch schon alles gesagt.« Trotzig machte Niki Bärbel und den Beamten Platz in der Tür.

»Du, wir können auch anders«, machte Bärbel ihr klar, »dann kommst du mit aufs Revier, und wir vernehmen dich dort.«

Bärbel dachte sofort an den unbeliebten Kollegen Spörer, der sich so gerne der Jugendlichen aus der Hohen Tanne annahm. Wenn sie Spörer auf Niki ansetzte, könnte es gut sein, dass Niki erst mal in Untersuchungshaft landete. Und wenn diese Göre den Ton beibehält, werde ich das auch tun, dachte sich Bärbel. Abwartend schaute sie Niki an.

»Geht's bald los?«, fauchte Bärbel und war schon dabei, einen Streifenbeamten herbeizuwinken.

»Was soll ich denn noch sagen?« Nikis Ton war immer noch trotzig.

»Du hast mir am Freitag gesagt, du hättest Herrn Aviles im Schlossgarten kennengelernt, und er wäre in der Szene bekannt gewesen. Ich war am Samstag und am Sonntag im Park und habe ein Foto von Aviles herumgezeigt. Keiner kannte ihn. Also, wo hast du ihn kennengelernt?«

»Kann ich mir erst 'nen Tee machen?«

Bärbel atmete tief durch. »Nun gut, wenn das hilft, dein Erinnerungsvermögen aufzufrischen, dann koch dir erst mal einen Tee.«

Niki schlurfte in die Küche, gefolgt von ihrem Schäferhund. Die Beamten der Spurensicherung ignorierte der Hund völlig. Bärbel schaute nach ihren Kollegen, die routiniert und systematisch das Haus durchsuchten. Bärbel wusste, wenn es irgendeinen Hinweis geben sollte, würde er nicht unentdeckt bleiben.

»Und«, fragte sie, »findet ihr was?« Die Kollegen der Spurensicherung grinsten breit zurück.

»Hoffentlich keine Flöhe«, war die Antwort, und ein

Beamter hob vorsichtig mit Latexhandschuhen die Decken und Kissen aus dem Hundekorb.

»Komm mal hoch, Bärbel.« Ein Beamter lehnte sich über das Treppengeländer.

Niki kam sofort aus der Küche und lauschte hellwach. Bärbel nahm die plötzliche Aufmerksamkeit Nikis wahr und folgte dem Beamten in ein ehemaliges Jugendzimmer, in das Bärbel am Freitag nur kurz hineingeschaut hatte.

»Schau mal unters Bett.« Der Beamte leuchtete mit der Taschenlampe. »Hm, da wird mir die junge Frau hoffentlich eine Erklärung abgeben können.«

Bärbel stieg die dunkle Treppe nach unten und fand Niki in der Küche, die einen unbeteiligten Blick aufgesetzt hatte.

»Was war denn unter dem Bett?«, wollte Bärbel von ihr wissen.

»Nix, was weiß ich.«

»Ziemlich deutlich, dass da bis vor kurzem was lag, eine Schachtel vielleicht, eine Kiste, ein Koffer? Wo ist dieser Gegenstand jetzt?« Bärbel verstand es, ihre Stimme zu senken und damit fast bedrohlich zu wirken.

Niki kaute auf ihrer Unterlippe herum und überlegte.

»Na? Ist dein Tee noch nicht fertig oder was?«, spöttisch drängte Bärbel auf eine Antwort.

»Da hatte ich meine persönlichen Sachen«, platzte Niki heraus.

Bärbel schaute Niki erstaunt an. Ihr war sofort klar, dass Niki log, aber persönliche Dinge durfte man selbstverständlich in dem Haus, in dem man lebte, aufbewahren und hin- und herschieben. Trotzdem verlangte Bärbel, die Kiste zu sehen.

»War 'ne Schachtel aus Pappe, ist beim Altpapier«, antwortete Niki maulend.

In diesem Moment kam langsam, fast schleppend Peter Bruchfeld zur Tür rein. Er sah sich erstaunt um. »Putzkolonne hier gewesen oder was?«, fragte er launisch und blaffte im nächsten Moment das Mädchen an: »Aber dein Versuch, Spuren zu beseitigen, war leider umsonst. Wir finden auch so, was wir suchen.«

Niki sah hilfesuchend zu Bärbel. »Ey, Scheiße! Will der mir was anhängen?«

Peter reichte Bärbel ein Blatt Papier. »Der Laborbefund, danach müsst ihr suchen.«

Bärbel versuchte, den lateinischen Namen zu deuten, und schaute Peter fragend an.

»Ein kleiner Gruß aus der Hexenküche. Überdosis Ecstasy und Amphetamine, gelöst in Apfelwein. Da muss sich jemand in der Dosierung vertan haben.« Er sah sich um. »Wo sind denn die ganzen leeren Flaschen geblieben?« Peter Bruchfeld starrte Niki an, die nur mit den Schultern zuckte.

Peter zitierte Bärbel mit einer Geste nach draußen und fing augenblicklich an zu schimpfen: »Ich bin stinksauer! Warum hast du mich nicht am Wochenende sofort angerufen? Dann wäre das mit Sicherheit nicht passiert! Das ist so dilettantisch! Da ist Katrin so lange dabei und die Stellvertreterin vom Chef und dann nicht in der Lage, eine Hausdurchsuchung zu machen!«

Bärbel seufzte. »Pass mal gut auf, ich habe versucht,

dich den ganzen Samstag zu erreichen. Ans Festnetz bist du nicht gegangen, und dein Handy war aus. Entschuldige, dass ich meine Zeit sinnvoller genutzt habe. Das nächste Mal lasse ich dich beim Geppert auflaufen, das schwöre ich dir! Und - by the way - eine Hausdurchsuchung war zu dem Zeitpunkt überhaupt nicht relevant.« Bärbel drehte sich um, ohne auf eine Antwort von Bruchfeld zu warten, und unterrichtete die Kollegen von der Spurensicherung von dem Laborbericht. Danach gab sie den Befehl, Niki zur Dienststelle zu fahren, und rief ihren Chef Geppert an, der sich um die Vernehmung kümmern sollte. Dann wandte sie sich wieder an Bruchfeld, der zerknirscht mit seinem Mobiltelefon in der Hand dastand und kleinlaut zugab, es wäre abgeschaltet gewesen und er wisse nicht, wieso, das hatte er noch nie gemacht. Anrufe hatte er nicht vermisst.

»Wenn du dich beruhigt hast, können wir zur Routine übergehen und die Nachbarn befragen.« Bärbel lief zum nächsten Haus und nahm nur aus dem Augenwinkel wahr, wie sich Peter Bruchfeld in Bewegung setzte.

Bärbel, die nie nachtragend war, brach in schallendes Gelächter aus. »So wie du läufst, hast du gestern zum ersten Mal in deinem Leben auf einem Pferd gesessen!«

## 22

Mein früherer Kollege hatte tatsächlich einen Job für mich. Nichts Großartiges und viel Arbeit, aber ich würde meine Kasse wieder ein bisschen aufbessern können. Er hatte einen Auftrag für einen Katalog für Autozubehör bekommen, und ich sollte die Fotos der Autoteile mit einem Programm bearbeiten und freistellen. Er erklärte mir den Ablauf bei einem Schoppen im Gemalten Haus in der Schweizer Straße. Sonntags ist es dort zum Glück etwas ruhiger. Teilnehmer der Junggesellen-Abschiede, die freitags und samstags hier gefeiert werden, lagen wahrscheinlich noch komatös im Bett, und die Horden japanischer Touristen werden in der Regel montags bis freitags hier durchgeschleust. Die Eintracht hatte gestern gespielt, also war der Sonntag ein guter, ruhiger Tag, sich im »Gemalten« zu treffen.

Ich sollte am Montagmorgen um neun Uhr in der Agentur erscheinen, was ich nach einer schlaflosen Nacht auch tat. Es war nur das Empfangsfräulein Pia Löwenberg anwesend, ich kannte sie noch von früher und überlegte, wie ich mich wieder aus der Agentur stehlen konnte, nachdem sie mir gesagt hatte, Frank sei noch nicht da.

Aber zu spät, es brach ein Wortschwall über mich herein, der mich schier erdrückte. Sie redete in einer unglaublichen Geschwindigkeit ohne Punkt und Komma. Mich interessierte es überhaupt nicht, dass ihre Schwester einen tollen Abschluss auf der European Business School gemacht hatte, ihr Vater ausschließlich karierte Unterhosen trug, ihre andere Schwester ein Pferd kaufen wollte, der Bruder gerade Liebeskummer hatte, die Mutter unbedingt zum Gardasee wollte, obwohl die Tante, die doch mal mit einem Italiener, dem Luigi, verheiratet gewesen war und jetzt mit einem Spanier ...

»Pia, bitte verschon mich. Was laberst du? Schreib's auf. Besser für dich, besser für andere!« Aber wie früher, wenn ich ihr gedroht hatte, sie mit einem Gewicht an den Füßen im Main zu versenken, wenn sie nicht aufhörte zu reden, kicherte sie nur albern und setzte ihren Wortschwall unbeirrt fort. Dann endlich ging die Tür auf, und Frank kam herein.

Wir setzten uns in sein Büro, und er orderte bei Pia zwei Latte macchiato. Mein Handy klingelte, und ich sah auf dem Display, dass mich Frieda versuchte anzurufen. Ich seufzte. Ich konnte mir vorstellen, dass auch sie die Nacht kein Auge zugemacht und unentwegt an den Koffer gedacht hatte, der nun unter meinem Bett lag. Aber diese unheilvolle Geschichte musste einfach warten. Ich drückte den Anruf weg und konzentrierte mich auf die Ausführungen von Frank. Jedes Bild musste bearbeitet werden. Über fünfhundert Abbildungen würde es in dem Katalog geben, und für jedes Bild würde ich knapp vier Euro bekommen.

»Eh, Frank. Für ein Bild brauche ich mindestens eine halbe Stunde. Das ist ja sittenwidrig, was du mir hier anbietest!«, protestierte ich.

Frank grinste nur. »Komm mal mit, ich zeig dir was.« Ich folgte ihm in den Konferenzraum, wo ich früher, als ich noch festangestellt war, oft mit den Textern und Beratern zusammengesessen hatte, um für eine tolle Kampagne Ideen zu entwickeln. Der große Tisch, an dem bequem zwanzig Leute Platz fanden, war überhäuft mit technischem Kram: Blinker, Schalter, Hebel, Rückspiegel. Alles für Autos eben.

»Schau, Lena, und das alles werde ich fotografieren.«

»Du?«, fragte ich ungläubig.

»Tja, die Zeiten sind vorbei, in denen man sich einen Fotografen mit Studio, Catering, Stylisten und dem ganzen Brimborium leisten konnte. Ich fotografiere, den Rest machst du mit der Bildbearbeitung. Nur so können wir den Preis halten. Ansonsten hätte ich den Auftrag gar nicht bekommen.«

Ich überschlug im Kopf, was ich verdienen könnte, wenn ich schlampig arbeiten und für jedes Bild nur zehn Minuten brauchen würde. Nach Abzug von Steuern würde auch dabei nicht viel hängenbleiben, aber das Finanzamt steht unerbittlich bei mir auf der Matte, ob ich was verdiene oder nicht. Außerdem muss ich einen Fuß in dieser Agentur lassen. Vielleicht kommen wieder bessere Zeiten und damit auch ein besserer Job.

»Kannst dich auf deinen alten Platz ins Atelier setzen und anfangen. Die ersten Fotos habe ich schon.«

Ich war erstaunt, wie ruhig es in der Agentur geworden war. Früher hatte den ganzen Tag ein geschäftiges Hin und Her auf den Gängen geherrscht, und nun war die Hälfte der Büros nicht mehr besetzt. Frank begleitete mich noch und erklärte mir, dass die Agentur fast nur noch mit freien Mitarbeitern arbeitete, aber noch warten wollte, bis ein neues, kleineres Domizil gefunden wäre.

Kaum war ich alleine, rief ich Frieda an. »Ich konnte vorhin nicht ans Telefon. Ich habe einen Job.«
Frieda schwieg, und ich hörte nur ihr unruhiges Atmen.
»Frieda«, fragte ich besorgt, »alles in Ordnung?«
»Die Polizei war hier.« Ihre Worte klangen nach Unheil.
Ich musste schlucken. »Wegen dem Koffer?«, wollte ich wissen.
»Nein, die haben mich ausgefragt, ob mir was aufgefallen ist in dem Schulenburg-Haus, wer da wohnt, wer da ein und aus gegangen ist und so weiter.«
»Und«, fragte ich ungeduldig, »was hast du gesagt?«
Frieda lachte gezwungen. »Das ist der einzige Vorteil, wenn man alt ist. Ich habe nichts gesehen und nichts gehört. Aber wohl war mir nicht dabei. Wir müssen uns unbedingt überlegen, was wir mit diesem Koffer machen. Und wir müssen Fred anrufen!«
Das hatte ich gestern in der Aufregung ganz vergessen. Ich hatte meiner Tante versprochen, mich bei ihr zu melden, sobald ich mit der Arbeit fertig wäre. Dass dies erst kurz vor Mitternacht sein würde, ahnte ich da noch nicht.

## 23

Als sich am Dienstagmorgen alle Mitarbeiter im Besprechungsraum zusammenfanden, war Peter Bruchfeld schon da. Bärbel setzte sich neben ihn, und auf seiner anderen Seite ließ Katrin demonstrativ einen Stuhl frei, bevor auch sie sich setzte. Peter Bruchfeld sah an Gepperts Gesichtsausdruck, dass diese Geste von Katrin Minuspunkte auf seinem Konto einbringen würde. Er atmete schwer ein, beugte sich demonstrativ zu Katrin rüber und reichte ihr mit einem aufgesetzten Lächeln die Hand.

»Werte Kollegin, ich möchte mich in aller Form für mein unmögliches Benehmen entschuldigen. Hier geht es nur um den Fall, und da sollten persönliche Animositäten keine Rolle spielen.«

Katrin starrte bewegungslos auf die ausgestreckte Hand von Peter Bruchfeld und blickte kurz zu Bärbel, die ihr sofort aufmunternd zunickte. Man spürte die Anspannung, die von dieser Situation ausging, im ganzen Raum, und jeder der Anwesenden schaute auf die Hand von Peter Bruchfeld, die er weiterhin in Richtung Katrin hielt. Als Katrin endlich einschlug, atmeten alle auf, und Josef Geppert sah erleichtert aus, wie ein Vater, der einen Streit zwischen seinen Kindern beilegen konnte.

»Dann können wir ja jetzt zur Tagesordnung übergehen. Viel haben wir im Fall Rodiquez immer noch nicht. Seine Mitbewohnerin wurde gestern von Steffen und Katrin vernommen, aber ohne neue Erkenntnisse. Ich habe ihren Vater angerufen und veranlasst, dass er hierherkommt und seine Tochter abholt. Sie ist keine achtzehn, und ich habe ihm klargemacht, dass er noch die Verantwortung für sie hat, ansonsten selbst mit Konsequenzen rechnen muss. Unglaublich, dass wir hier die Arbeit vom Jugendamt ausführen müssen.«

Geppert schnaubte ungehalten und fragte Bärbel, was die Befragung der Nachbarn ergeben hatte. Peter Bruchfeld nahm zur Kenntnis, dass er nicht gefragt wurde. Aber auch hier spielte seine Kollegin ihm fair den Ball zu.

»Die meisten Nachbarn hielten sich bedeckt und redeten nur hinter vorgehaltener Hand über den Schandfleck in dieser Straße, aber Peter ist bei einer alten Dame etwas aufgefallen. Er hat sich auch erinnert, dass wir die alte Frau schon einmal gesehen haben.«

Bärbel nickte Peter zu, und er ergriff sofort das Wort. »Als Bärbel und ich zu diesem Haus gerufen wurden, weil sich dort ein Toter befinden würde, saßen wir nach der Durchsuchung des Hauses noch eine Weile im Auto und diskutierten, wie wir weiter vorgehen wollten. Die alte Dame ist mir wegen ihres Dackels aufgefallen. Sie lief vorbei, kam wieder zurück, zerrte dabei den Dackel hinter sich her und betrachtete uns sehr genau. Gestern bei der Befragung haben alle Nachbarn die gleiche Reaktion gezeigt. Nur diese alte Dame war mächtig erschrocken und beteuerte auffällig, nichts zu wissen oder gesehen zu haben. Ich denke, da stoßen wir noch mal nach.«

Geppert blickte Bruchfeld ungläubig an. »Sie wissen schon, dass wir hier in einem Mordfall ermitteln und nicht für ein Altenheim?«, fragte er spöttisch und wandte sich sofort Katrin und Steffen zu. »Wir müssen im Drogenmilieu weitersuchen. Diese Niki hat zugegeben, dass sie Marihuana konsumiert und die Quelle dieser Rodiquez war. Da der Tote mexikanischer Herkunft ist und sein Vermieter angeblich in Mexiko lebt, können wir von einer Verbindung dorthin ausgehen. Wir haben dieses Jahr Kollegen aus Mexiko in Hanau zu Gast, die sich hier Drogenhunde kaufen und zu deren Ausbildung vor Ort sind. Nachher findet eine Übung bei der Hanauer Straßenbahn im Depot statt. Unseren Kollegen Peter Pfaffinger habe ich wegen unserem Fall schon kontaktiert. Er wird heute mit seinem berühmten Drogenkoffer die Hunde testen. Quasi eine Abschlussprüfung, bevor unsere mexikanischen Kollegen mit ihren hessischen Hunden wieder in die Heimat fliegen. Katrin, Steffen, ich habe Sie angemeldet. Eine einmalige Chance, unkompliziert und nicht auf dem offiziellen Dienstweg an Informationen zu kommen. Ich verspreche mir einiges davon.« Geppert sah auf seine klobige Armbanduhr und nickte Katrin und Steffen zu. »Sie können sich gleich auf den Weg machen.«

Während die Kollegen ihre Papiere zusammenrafften und aus dem Zimmer gingen, warteten Bärbel und Peter auf weitere Anweisungen ihres Chefs. Bärbel schaute erwartungsvoll ihren Chef an, und Peter Bruchfeld bebte innerlich vor Groll. Bärbel hätte ihm am liebsten die Hand gedrückt, sie hatte Sorge, dass sich ihr Kollege wieder mal nicht im Griff haben würde und den Chef anpolterte. Sie gab ihm einen leichten Kick mit ihrem Fuß, in der Hoffnung, dies würde ausreichen, um einen cholerischen Ausbruch von Peter zu verhindern. Gereizt zog er seine Beine zurück und blitzte Bärbel böse an. Im gleichen Moment strahlte Bärbel, als ob die Sonne aufgehen würde, und Bruchfeld besann sich darauf, dass es besser wäre, sich nicht mit dem Chef anzulegen.

Peter räusperte sich, schluckte und sagte gespielt unterwürfig mit leichtem Spott: »Chef, noch eine Idee von mir, die hoffentlich nicht so in Ungnade fällt wie jene, die alte Dame nochmals aufzusuchen.«

Geppert brummte nur kurz in Peters Richtung.

»Bei Durchsicht der Akten ist mir aufgefallen, dass der Apfelwein, in dem die tödliche Mischung war, aus einer kleinen Kelterei in Maintal stammt. Meines Wissens gibt es dieses Stöffchen nicht im Supermarkt, sondern wird nur dort in der Kelterei verkauft.«

Gepperts Blick blieb dunkel, und er antwortete abweisend: »Sie glauben, dort kann man sich an den Käufer dieser einen Flasche erinnern?«

Peter zuckte mit den Schultern, kräuselte aber verdächtig die Lippen. Bärbel erwiderte munter:

»Wir sollten nichts unversucht lassen. Wir fahren hin.«

»Der ist ja nicht mehr auszuhalten!«, schimpfte Peter, als er mit Bärbel auf dem Weg zum Auto war. Sie antwortete nachdenklich:

»Das hast du dir selbst zuzuschreiben. Und eins kann ich dir versichern, du bist manchmal schlimmer. Viel schlimmer.«

»Ist ja gut jetzt«, wiegelte Peter Bruchfeld ab. »Trotzdem bin ich in ein paar Dingen anderer Meinung als der Chef, aber im Moment bin ich der Letzte, dessen Sichtweise er gelten lässt. Ich halte es für grundfalsch, diese Niki zum Vater nach München zu schicken. Sie ist nicht nur unsere einzige Tatverdächtige, sondern auch die Einzige, die den Toten kannte. Genauso blödsinnig ist es von Geppert, uns nach Frankfurt zu schicken. Was soll es bitte bringen, wenn wir den Spuren von Niki folgen, am Hauptbahnhof Kontakte verfolgen, die sie nach Hanau geführt haben?«

Bärbel gab Peter recht. »Ich halte es auch für riskant, das Mädchen dem Vater auszuliefern. Das gehört nicht umsonst in die Kompetenzen der Jugendämter. Es hat ja wohl einen Grund gegeben, weshalb sie von dem Vater weg ist. Mir ist aufgefallen, dass sie sich ritzt. Der Grund dafür ist doch häufig im Elternhaus zu suchen. Das Jugendamt hätte vielleicht ein betreutes Wohnen oder eine andere Einrichtung für sie gefunden. Aber das ist eben Josef Geppert, er hat seine eigene Vorstellung von Familie und Ordnung. Weißt du was? Ich gehe noch mal rein und rede mit ihm.«

Bärbel ließ Peter am Auto stehen und marschierte stramm zurück ins Büro.

# 24

Draußen dämmerte es, als ich mich aus dem Bett quälte. Heute wollte ich spätestens um acht in der Agentur sein. Mein Kollege Frank hat gestern unermüdlich Teile von dem Autozubehörhaufen-Tisch fotografiert, und ich wollte so viele Fotos wie möglich schaffen, damit ich mich um Tante Frieda kümmern konnte.

Nachdem ich drei Tassen Kaffee getrunken hatte und in der Lage war, meinen Mac anzuschalten, ohne mich dabei zu verletzen, sah ich nach, wie spät es in Mexiko war, damit ich endlich Fred anrufen konnte.

In Mexiko war es mitten in der Nacht, ich ärgerte mich, dass ich nicht gestern Abend daran gedacht hatte. In diesem Moment klingelte das Telefon. Frieda berichtete völlig außer Atem, dass sie schon mit dem Hund draußen war und nachgeschaut hatte, in welcher Zeitzone Mexiko liegt. Es schien mir unheimlich, wie viel Energie diese kleine alte Dame am frühen Morgen schon zur Verfügung hatte. Mir war es deshalb eine Genugtuung zu erwähnen, dass ich ebenfalls wusste, was die Uhr in Mexiko geschlagen hatte.

»Heute Nachmittag rufe ich den Fred an, versprochen.«

»Heute Abend kommst du mit dem Koffer her, und wir bringen ihn zurück. Sieht so aus, als wäre diese Niki nicht mehr da. Ich glaube, gestern hat die Polizei das Haus durchsucht.«

Allein der Gedanke, nochmals in dieses Haus unerlaubt einzudringen, ließ mir den Atem stocken.

»Frieda, wenn ich gut mit der Arbeit vorankomme, können wir heute Abend in Ruhe reden. Tut mir leid, aber ich stehe unter enormem Zeitdruck.«

Ich verließ das Haus Richtung Agentur mit einem unguten Gefühl und fragte mich, ob es mein schlechtes Gewissen war, weil ich etwas Verbotenes getan hatte, oder die Angst, in einen Strudel von irgendwelchen dubiosen Drogengeschäften gezogen zu werden. Ich konnte noch nicht mal mit irgendjemandem darüber reden! Sollte ich etwa sagen: Meine alte Tante Frieda, die schon über achtzig ist, hat mich überredet, einen Bruch zu machen, und nun habe ich Drogen und Geld unter meinem Bett? Ob mir das überhaupt jemand glauben würde?

In der Mittagspause ließ Frank etwas zum Essen vom Thai kommen. Ich freute mich, endlich auch mal aus diesen weißen Pappschachteln mit Stäbchen zu essen, die ich vorher immer nur in amerikanischen Filmen gesehen hatte. Das Essen war sogar ausgesprochen gut. Ich sah auf die Uhr, um auf keinen Fall den richtigen Zeitpunkt zu verpassen, in Mexiko anzurufen. Dabei fiel mir ein, dass ich die Telefonnummer immer noch unter meinem Bett hatte.

»Frank, ich hab noch was zu erledigen. Bin gleich wieder

da«, rief ich meinem Kollegen zu und spurtete nach Hause. Zum Glück lag die Agentur in Laufnähe zu meiner Wohnung. Hätte ich jetzt noch einen Parkplatz suchen müssen, dann hätte ich mir gleich Urlaub nehmen können.

Ich rechnete kurz nach: Es war erst 7.30 Uhr in Mexiko. Ich rief die Nummer an, die auf dem Mietvertrag stand, und überlegte kurz, was ich überhaupt sagen könnte. Jemand sprach irgendwas ins Telefon, was ich nicht verstand.

»Ich möchte Fred Schulenburg sprechen«, sagte ich artig.

»Wer spricht?« Eine kratzige unfreundliche Stimme ertönte, die mich irgendwie einschüchterte.

»Fred? Ich bin es. Lena.«

»Welche Lena?«

Ich war erschrocken über die Unfreundlichkeit und erstaunt über die glasklare Verbindung, als würde Fred direkt neben mir stehen. Ich kicherte unbeholfen.

»Aus der ... Hohen Tanne. Lena ... von der Tante Frieda«, stammelte ich ungeschickt.

Nun wird er gleich vor Freude aus dem Häuschen sein, dachte ich.

»Woher hast du diese Nummer?«, fuhr er mich an.

Eine Hitzewelle erreichte meinen Haaransatz. Ich schluckte. Oh mein Gott, durchfuhr es mich, was soll ich jetzt nur sagen? Aus einem geklauten Koffer aus deinem Haus? Ich fühlte mich ertappt und wusste nicht, wie ich da wieder rauskommen sollte. »Äh, weiß ich im Moment nicht. Ich glaube, von Tante Frieda.«

Ich atmete tief ein. Was ein Schwachsinn, schalt ich

mich selbst. Noch offensichtlicher kann man gar nicht lügen.

»Was willst du?«, seine Stimme klang ungehalten und herrisch. Sie hatte nichts mit dem Fred gemein, den ich kannte.

»Bist du es, Fred?«, fragte ich ungläubig nach.

»Wer denn sonst?«

Ich musste schlucken. Das Gespräch verlief ganz und gar nicht so, wie ich es mir vorgestellt hatte. »Entschuldige, dass ich dich angerufen habe. Ich wollte nur fragen, was mit dem Haus ist.«

»Da bist du nicht die Erste.« Seine Worte klangen höhnisch. »Sind jetzt alle wie die Geier hinter meinem Haus her?«

»Fred, um Gottes willen, nein! Was denkst du denn? Ich war nur besorgt, weil doch dein Freund tot ist.« Am anderen Ende der Leitung war Schweigen.

»Welcher Freund?«, fragte Fred argwöhnisch und nicht mehr ganz so laut nach.

»Na, dieser Mexikaner. Rodi oder so, hat seine Mitbewohnerin gesagt.«

»Welche Mitbewohnerin?«, raunzte er mich an.

Ich war kurz davor, die Nerven zu verlieren. »Fred, keine Ahnung. Da wohnt so ein junges Ding in deinem Haus. Tante Frieda hatte die zum Essen eingeladen. Ich dachte, du freust dich, wenn ich mich melde.«

Wieder Schweigen am anderen Ende der Leitung und dann: »Weißt du was Näheres von Rodiquez?«

»Nein, nur dass er vergiftet aufgefunden wurde. An der Kinzig. Mehr weiß ich auch nicht.«

»Was ist das für ein Mädchen in meinem Haus?«

»Fred, auch dazu kann ich dir nicht viel sagen. Dein Freund hat sie wohl bei sich wohnen lassen, und jetzt weiß sie nicht, wohin sie soll oder ob sie dableiben kann.«

»Ich melde mich wieder bei dir.« Es knackte in der Leitung. Fred hatte einfach aufgelegt.

Ich ging nachdenklich zurück zur Agentur und bearbeitete mechanisch ein Bild mit Autozubehörteilen nach dem anderen. Mit meinen Gedanken war ich bei dem Koffer unter meinem Bett, bei Tante Frieda und dem Mädchen im Haus von Fred.

## 25

Bärbel und Peter standen in dem kleinen Laden der Apfelweinkelterei und staunten nicht schlecht über die vielen verschiedenen Apfelweinsorten. Der Keltermeister babbelte im breitesten Hessisch über die Vorzüge, Inhaltsstoffe und Säuregrade der einzelnen Weine. Er konnte nicht verstehen, warum sich die beiden so hartnäckig weigerten, die Weine zu probieren.

Bärbel grinste. »Wir sind im Dienst, kommen aber gerne nochmals auf Ihr Angebot zurück.«

Der Keltermeister sah beide fassungslos an. »Im Dienst? Sie sind jetzt aber nicht vom Gewerbeaufsichtsamt und erklären mir, dass ich meinen Apfelwein nicht mehr so nennen darf, wegen der neuen EU-Verordnung?«

»Nein, nein«, beschwichtigte Bärbel den Mann. »Wir haben nur eine Frage, ob Sie sich an einen Käufer erinnern.« Sie zeigte dem Keltermeister ein Foto des Mexikaners. »Es geht um die Sorte Hanauer Krawallschoppen.«

Der Keltermeister schüttelte den Kopf. »Erstens steh ich net immer im Laden, sondern aach mei Fraa, meine Kinner oder Mitarbeiter, und zwaatens wird mei Ebbelwoi auch noch in annern Geschäfte verkaaft. Da kann ich Ihnee aber die Liste gebe.«

Peter Bruchfeld winkte dankend ab. Auf dem Weg zurück zum Auto sagte er zu Bärbel: »Schade, ich wusste nicht, dass der Apfelwein auch über andere Kanäle verkauft wird. Wäre ja auch zu einfach gewesen.«

Bärbel seufzte. »Und jetzt nach Frankfurt zum Hauptbahnhof. Obwohl ich das für ausgemachten Blödsinn halte. Die Verbindung nach Mexiko ist doch vorhanden. Der Vermieter lebt dort, der schickt das Marihuana hierher, der Tote hat es verkauft. Und zwar in Hanau. Ich bin mir ziemlich sicher, dass die Jugendlichen, die den Toten gefunden haben, Drogen bei dem kaufen wollten. Warum sollte man sich sonst mitten in der Nacht an der Kinzig treffen?«

»Es wurden aber keine Drogen gefunden. Weder bei dem Toten noch bei den Jugendlichen«, gab Peter Bruchfeld zu bedenken.

Bärbel schüttelte ungehalten den Kopf. »Da muss man nur eins und eins zusammenzählen. Der Tote hatte garantiert was dabei, das haben sich die Jugendlichen unter den Nagel gerissen und versteckt.«

»Ich war nicht an der Fundstelle. Du warst dort und hast die Jugendlichen gesehen. Meinst du wirklich, die sind so abgebrüht, filzen einen Toten und rufen dann die Polizei?«

Bärbel musste ihrem Kollegen recht geben. »Stimmt, hätten die was an sich genommen, dann wären sie abgehauen.«

»Ich habe das Gefühl, wir haben irgendwas übersehen. Aber ich komme nicht drauf.«

»Komm, wir fahren jetzt erst mal unsere Frankfurter

Kollegen besuchen«, sagte Bärbel munter, »vielleicht bekommen wir eine Tasse Kaffee und können uns diese alberne Spurensuche vom Frankfurter Hauptbahnhof bis nach Hanau zum Schlossgarten sparen.«

Peter musste lächeln. Ihm wurde immer mehr bewusst, welch gutes Team er und Bärbel doch waren. Wenn er durchhing, resigniert war und nicht mehr weiterwusste, verstand Bärbel es, die Stimmung zu heben und ihn auf völlig andere Gedanken zu bringen. Das war oft sehr hilfreich, denn so kam er aus gedanklichen Sackgassen heraus, nahm einen neuen Blickwinkel ein, was ihn schon in vielen Fällen dem Täter nähergebracht hatte als alles andere.

Sie riefen ihren früheren Kollegen Richard Kowalski an. Er hatte sich nach Frankfurt versetzen lassen, weil er mit dem Chef Josef Geppert überhaupt nicht zurechtgekommen war. Sie hatten Glück, Kowalski war in seinem Büro und konnte sich Zeit nehmen. Peter Bruchfeld freute sich schon, dass er mit einem Leidensgenossen über die unmöglichen Führungsqualitäten des alten Geppert reden konnte.

Bärbel fuhr über die Friedberger Landstraße nach Frankfurt, bog am Hauptfriedhof auf den Alleenring ab und parkte direkt hinter dem mächtigen dunkelgrauen Gebäude.

Richard Kowalski hatte schon frischen Kaffee aufgebrüht und begrüßte Peter mit einem kräftigen Schlag auf die Schulter: »Na, alter Sack, alles in Ordnung bei euch?« Er freute sich, die Kollegen zu sehen, bot ihnen Platz auf eilig herbeigerollten Stühlen an. »Was führt euch zu mir? Kann ich was für euch tun, oder seid ihr nur vor Geppert geflüchtet, wollt Asyl und eine Tasse Kaffee?«

Peter lachte bitter auf. »Du hast es richtig gemacht! Hast rechtzeitig die Flucht ergriffen. Der alte Geppert trifft Entscheidungen wie im letzten Jahrhundert.«

Peter und Bärbel berichteten ihrem früheren Kollegen detailliert über den Fall. Richard Kowalski hörte aufmerksam zu und fragte dann, ob die Drogenbeauftragte eingeschaltet worden war.

Peter Bruchfeld grinste spöttisch, und Bärbel hob die Augenbrauen. »Richard, denkst du, es hat sich was geändert? In Hanau gibt es kein Drogenproblem.«

»Stell dir vor, direkt vor dem Revier lungert eine Horde Jugendlicher mit Migrationshintergrund – um politisch korrekt zu bleiben – und kifft. Ich ruf die Drogentussi an, teile ihr das mit und fordere sie auf, mal aus dem Fenster zu schauen«, echauffierte sich Peter Bruchfeld.

Richard Kowalski grinste breit. »Und? Was hat sie gesagt?«

»Blöd gekichert hat sie, die machen nur Spaß, die wollen nur ein bisschen provozieren.«

»Das ist nicht dein Ernst, oder?« Richard Kowalski schüttelte missbilligend den Kopf.

»Glaub nicht, dass ich unsere Drogenbeauftragte davon unterrichtet habe, als ich im Schlossgarten nach Kontakten von Rodiquez gesucht habe. Weißt du, was sie mir gesagt hätte?« Bärbel schüttelte ihre Locken aus dem Gesicht, schraubte ihre Stimme nach oben und spitzte die Lippen. »Bärbel, also ich weiß nicht, wie Sie auf den Gedanken kommen können, im Schlossgarten wäre jemand, der irgendwas mit Drogen zu tun hat!« Gekonnt affektiert ahmte Bärbel ihre unbeliebte Kollegin nach.

Peter Bruchfeld nickte zustimmend. »Genau, das hätten wir gehört!«

»Die ist so naiv. Ich frage mich, wie die es geschafft hat, zur Polizei zu kommen.«

»Sie nennt sich jetzt Emma Peel und hat diesen Namen sogar an ihrer Bürotür stehen«, lästerte Bärbel weiter.

Richard Kowalski lachte aus vollem Halse. »Meine Güte, das ist ja der reinste Kindergarten bei euch!«

Dann fragte er, wieder ernst geworden: »Was ist mit dem Leiter der Dienststelle? Schaltet den doch ein.«

Bärbel schüttelte den Kopf. »Den kennst du noch nicht, oder? Das ist ein Politiker, rhetorisch macht dem keiner was vor – der redet alles schön. Der ist ganz stolz darauf, ein Team für präventive Maßnahmen zu haben, das sich sofort einschaltet, wenn Jugendliche auffallen. Und du wirst es nicht glauben, aber der Spörer gehört dazu.«

Richard Kowalski sah Bärbel ungläubig an. »Der Spörer? Der alle Jugendlichen hasst? Da wurde ja der Bock zum Gärtner gemacht!«

Peter Bruchfelds Mundwinkel zuckten spöttisch. »Damit ist gewährleistet, dass jedes Jüngelchen, das einen Bleistift im Kaufhaus mitgehen lässt, nach dem Zusammentreffen mit Spörer richtig kriminell wird. Der Spörer sorgt dafür, dass wir nicht arbeitslos werden.«

»Das kann ich bestätigen«, warf Bärbel ein. »Neulich kam eine Nachbarin völlig aufgelöst zu mir. Ihr Sohn hatte mit Klassenkameraden eine Mutprobe zu bestehen.

Die Mutprobe bestand darin, einen Regenschirm im Wert von fünf Euro zu klauen. Der Junge wurde natürlich erwischt. Anzeige, fünfzig Euro Strafe. Aber damit nicht genug. Spörer hat zur Vernehmung geladen. Die Mutter dachte, sie macht alles richtig, wenn sie mit ihrem Sohn hingeht. Die wurden beide so fertiggemacht, dass sogar die Mutter am Ende glaubte, sie wäre schwer kriminell. Die war nur am Heulen, und ich musste sie beruhigen. Wenn die Mutter so reagiert – nicht auszudenken, was der Spörer bei dem Jungen angerichtet hat.«

»Das kann man nur mit Galgenhumor ertragen!«, rief Richard Kowalski aus.

Peter Bruchfeld und Bärbel König nickten ihrem Frankfurter Kollegen zu. Man konnte spüren, wie gut es den beiden tat, mit einem Kollegen, der alle Umstände kannte, zu reden.

»Aber zurück zu eurem Fall.« Richard Kowalski wurde wieder ernst. »Habt ihr bei der Hausdurchsuchung Drogenhunde eingesetzt?«

Bärbel und Peter sahen sich an und mussten verneinen.

Richard Kowalski schüttelte grinsend den Kopf. »Dabei seid ihr weltweit bekannt für eure Hunde und bringt sie nicht zum Einsatz!«

»Na ja, wir nicht. Wir haben nichts mit den Hunden zu tun. Aber du hast natürlich recht. Katrin und Steffen sind heute sogar ins Depot gefahren, weil die Hunde dort heute ihre Abschlussprüfung absolvieren.«

»Wer ist Steffen?«, fragte Richard Kowalski interessiert nach.

»Dein Nachfolger. Ein junger, pickeliger Schnösel«, klärte Peter ihn mit leicht hämischem Unterton in der Stimme auf.

Bärbel schüttelte den Kopf und gab Peter einen kumpelhaften Schlag. »Richard, Steffen ist dein Nachfolger. Er ist jung und hat Akne. Er ist sehr eifrig und gewissenhaft. Höre nicht auf diesen alten, verbitterten, frustrierten Mann an meiner Seite, der immer alles schlechtredet. Ich möchte nicht hören, was er über mich sagt, wenn ich nicht dabei bin.«

Richard Kowalski gab Bärbel und Peter recht, es war völlig sinnlos, am Hauptbahnhof verfolgen zu wollen, durch welche Kontakte eine junge Frau aus München nach Hanau gekommen sein sollte.

»Stellt euch vor, sie ist aus dem Zug ausgestiegen, hat jemanden angesprochen, der am Hauptbahnhof rumlungerte, und derjenige hat ihr den Tipp gegeben, fahr nach Hanau, dort bekommst du was, kannst pennen oder wie auch immer. Denjenigen findet ihr garantiert nicht. Sollte es denjenigen geben, dann wird er euch nicht sagen, wen er warum nach Hanau weiterschickt. Funktioniert so niemals. Geppert wird immer wunderlicher. Aber gebt mir mal das Foto des Toten, ich kopiere es und geb es den Kollegen mit, die heute Dienst haben und am Hauptbahnhof ihre Runde drehen. Ich glaube nicht, dass sich was ergibt, aber so könnt ihr dem Geppert wenigstens sagen, dass ihr seinen Anweisungen gefolgt seid.«

Bärbel und Peter nahmen das Angebot dankbar an, fuhren frisch gestärkt nach Hanau zurück, um einen Antrag auf den Einsatz von Drogenhunden zu stellen.

## 26

Nachdem ich eine Menge Fotos mit Automobilzubehörteilen in rekordverdächtiger Zeit bearbeitet hatte, machte ich mich auf den Weg zu Tante Frieda. Ich erschrak mächtig, als sie mir die Tür öffnete. Ich hatte das Gefühl, sie war um Jahre gealtert. Ihre Gesichtshaut war aschfahl, und sie sah irgendwie noch verschrumpelter aus als sonst. Sie zog mich mitsamt dem Koffer schnell ins Haus und verschloss hastig, nach einem Blick links und rechts auf die Straße, die Haustür.

»Frieda, was ist denn los? Geht's dir nicht gut?«, fragte ich besorgt.

»Ich schlafe nicht mehr. Ich weiß nicht, was mir im Kopf herumgespukt ist, als ich dich überredet habe, diesen Koffer aus dem Haus zu holen. Ich wollte nur wissen, ob es stimmt, dass der Jahn der leibliche Vater von dem Freddie ist. Mehr nicht. Meine Neugier hat uns beide ins Verderben geführt.«

Ich fühlte mich genauso schlecht, hatte aber das Gefühl, dass Frieda noch mehr litt. Nur das gab mir die Kraft, sehr gelassen zu klingen: »Es ist doch überhaupt nichts passiert! Ich bringe den Koffer wieder zurück, und wir vergessen die ganze Sache.«

Frieda zog quietschgelbe Gummihandschuhe an und drückte mir auch welche in die Hand. »Hier, anziehen!« Ihre gewohnte Energie war schnell wieder zurück. »Wir müssen alle Fingerabdrücke von uns vernichten!«

Ich schüttelte den Kopf. »Da können viele Fingerabdrücke von uns auf dem Koffer sein, wir haben doch nichts zu befürchten.«

Frieda sah mich fragend mit offenem Mund an. Ich fragte sie spöttisch:

»Sind etwa Fingerabdrücke von dir bei der Polizei hinterlegt?«

»Natürlich nicht, aber man kann nie wissen.« Frieda wischte alles sorgfältig ab, sogar die Geldscheine. Ich seufzte. Um das Geld tat es mir richtig leid. Ich kämpfte mit mir, es nicht einfach an mich zu nehmen.

Wir vereinbarten, bis nach Mitternacht zu warten, um den Koffer zurückzubringen. Um diese Uhrzeit war gewöhnlich in der Hohen Tanne nichts los.

Nach einem einfachen Abendbrot, zu dem mir Frieda ihre neueste Kreation, einen Frischkäse mit Goa-Curry, kredenzte, und einer Wiederholung im Fernsehen, bei der ich schon ein kleines Nickerchen auf dem Sofa gemacht hatte, wollten wir los. Frieda hatte in den vergangenen Tagen das Schulenburg-Haus ständig beobachtet, aber weder das Mädchen noch den Schäferhund gesehen. Amsel war vor Freude völlig außer sich, als sie merkte, dass es mitten in der Nacht nach draußen gehen sollte. Ein Ausflug um die späte Stunde war wohl für die kleine Hundedame eins der größten Abenteuer. Sie sprang aufgeregt im Kreis und bellte, was Frieda und mich noch nervöser machte.

Frieda zögerte. »Wenn die Nachbarn den Hund bellen hören, dann schauen doch alle aus dem Fenster!«

Ich wollte aber auf keinen Fall länger warten, und kaum dass der kleine Dackel auf der Straße war, war er auch ruhig. Die vielen Düfte nahmen Amsels ganze Aufmerksamkeit in Anspruch.

Die Haustür zu dem Schulenburg-Haus war verschlossen. Deshalb schlich ich hinter das Haus, öffnete knarrend die schwergängige Garagentür, an der die Reste der verblichenen Farbe abplatzten, und stellte den Koffer an die Wand. Wir eilten zurück in Friedas aufgeräumte und saubere Welt und atmeten auf. Ich fühlte mich so erleichtert! Frieda und ich wuschen uns gründlich die Hände, als könnten wir damit unsere unüberlegte Aktion einfach abspülen.

»Lena, hast du denn die Telefonnummer von Freddie?«

Ich berichtete von dem kurzen Telefonat. »Ganz ehrlich – bitte lass uns diese ganze Geschichte vergessen. Es ist mir völlig egal, ob der alte Jahn der Vater vom Freddie war oder nicht. Ich möchte in nichts hineingezogen werden. Schon gar nicht in irgendwelche Drogengeschichten oder Mord.«

## 27

Als sich das Team im Besprechungsraum einfand, war Josef Geppert bereits da, lief nervös im Raum herum und fuchtelte mit einer Hanauer Zeitung herum.

»Polizei tappt im Dunkeln! Mord an der Kinzig und keine Spur vom Mörder!«, las er seinen Kollegen vor. »Der Oberbürgermeister hat mich heute Morgen persönlich angerufen und zu dem Fall befragt. Die Bürger wären beunruhigt, er will endlich Ergebnisse! Und die will ich jetzt auch. Frau König, haben Sie was Neues?« Josef Gepperts Gesichtsfarbe tendierte leicht ins Rötliche, und die Adern an seinen Schläfen traten deutlich hervor.

Bärbel berichtete ruhig und sachlich, was Peter Bruchfeld dankbar zur Kenntnis nahm. Auch das schafft sie immer, dachte er anerkennend. Ruhe in angespannte Situationen bringen.

»Wir waren mit den Drogenhunden im Haus in der Hohen Tanne. Die Hunde sind sensationell gut trainiert! Obwohl ein anderer Hund dort lebt, haben sie sofort die Spur aufgenommen und uns zu dem Platz unter dem Bett geführt, der mittlerweile leer ist. Aber das, was dort mal gelegen hat, haben die Hunde in der Garage gefunden.

Ein Koffer voll mit Drogen und Geld, der am Montag bei der Durchsuchung nicht da war.«

»Nicht da oder nicht gefunden?«, blaffte Geppert ungehalten in den Raum.

»Nicht da.« Bärbel blieb ruhig. »Es ist exakt der Koffer, der unter dem Bett gelegen hat, das konnte die Spurensicherung eindeutig an dem Staub in den Ritzen der Naht feststellen, obwohl sich jemand die Mühe gemacht hat, den Koffer und seinen Inhalt komplett abzuwaschen. Fingerabdrücke konnten keine mehr sichergestellt werden.«

»Das ist äußerst merkwürdig.« Geppert spielte mit seinem Kugelschreiber.

»Könnte ihn das Mädchen dort hingebracht haben?«, fragte Peter Bruchfeld. Er wusste von Bärbel, dass Geppert mittlerweile das Jugendamt eingeschaltet hatte.

Geppert verneinte. »Das Mädchen wohnt bei einer Pflegefamilie, zum Vater wollte sie nicht mehr. Meines Wissens macht sie hier den Führerschein fertig. Warum hätte sie den Koffer in die Garage stellen sollen? Das macht doch keinen Sinn.«

»In dem Koffer wurden exakt die Substanzen gefunden, an denen Rodiquez gestorben ist. Lorazepam, Ecstasy, Amphetamine. Das heißt, der Koffer wurde vor der Durchsuchung aus dem Haus geschafft und danach wieder hinein. Das kann nur das Mädchen getan haben. Wir knöpfen sie uns nochmals vor. Wir müssen davon ausgehen, dass sie dem Opfer diesen Chemiecocktail in den Apfelwein gegeben hat.«

Peter Bruchfelds Miene verriet Genugtuung. Er hätte das Haus sofort durchsuchen lassen. Er blickte lange zu

Katrin, damit sie sich ihres Fehlers auch wirklich bewusst wurde.

Katrin ließ sich aber von seinem Blick nicht verunsichern. »Wir können dem Mädchen nichts beweisen. Es kann auch jemand anderer, ein Komplize von dem Mexikaner, getan haben.«

»Ebenfalls möglich, dass das Mädchen jemanden gebeten hat, diesen Koffer eine Weile zu sich zu nehmen, weil sie ahnte, dass wir eine Hausdurchsuchung machen«, gab Bärbel zu bedenken.

»Wir sollten das Haus observieren. Jemand könnte kommen und den Koffer abholen wollen«, schaltete sich nun Steffen ein.

Schnell war eingeteilt, wer welche Schichten übernehmen sollte.

»Wer auch immer einen Mord an die Presse gemeldet hat – wir sollten das dementieren und den Fund eines Drogentoten oder Selbstmörders daraus machen.« Peter Bruchfeld lief langsam wieder zu seiner alten Form auf und blitzte Josef Geppert provozierend an. »Das hätten wir gleich melden sollen, bevor gegen uns mit schlechter Presse gehetzt wird.«

Geppert nahm den Vorwurf in Bruchfelds Stimme wahr und räumte kleinlaut ein, dass da wohl ein Fehler passiert sei, um den er sich gleich kümmern würde. Peter ließ seinen Blick triumphierend in die Runde gleiten.

»Was ist eigentlich mit dem Hund von diesem Mädchen?«, fragte Katrin. Jeder wusste, dass sie sehr tierlieb war und schon öfter Tierwaisen zu sich genommen hatte.

»In Polizeigewahrsam«, knurrte Geppert schlecht gelaunt beim Rausgehen.

Peter und Bärbel machten sich auf zu ihrer ersten Schicht in die Hohe Tanne. Dort angekommen, überlegten sie sich, dass es in dieser kleinen Straße unmöglich war, unbemerkt im Auto sitzen zu bleiben. Bärbel wollte in der Parallelstraße vor dem Haus, in dem der Freund von Peter wohnte, parken.

»Weiter zum Milchhäuschen«, fuhr Peter seine Kollegin an.

»Was ist denn los, Peter? Hast du Krach mit deinem Kumpel?«

»Quatsch!« Peter schüttelte ungehalten den Kopf, und Bärbel spürte, dass sie nicht weiter in ihn dringen durfte, obwohl sie im Stillen darauf gehofft hatte, bei dem attraktiven Freund von Peter zu einem Kaffee eingeladen zu werden.

»Hey, was ist? Du solltest da hinten parken! Warum fährst du weiter?«, fragte Peter gereizt.

»Du sagtest doch Milchhäuschen. Ich habe aber noch keins gesehen.«

Peter schaute verdutzt: »Ach so. Klar. Kannst du auch gar nicht sehen. Gibt es seit zehn Jahren nicht mehr.«

Bärbel verzog das Gesicht, wendete und parkte gegenüber dem einzigen Briefkasten in dem kleinen Nobelvorort. »Warum eigentlich Milchhäuschen?«, fragte Bärbel nach.

Peter zuckte mit den Mundwinkeln. »Na ja, entweder die Bauern haben ihre Milch früher dorthin gebracht oder man konnte Milch dort abholen, das war lange vor unserer Zeit. Zum Schluss war das sogenannte Milchhäuschen ein Kiosk. Andreas hat es sehr bedauert, als die letzte Einkaufsmöglichkeit hier zugemacht hat und abgerissen wurde. Jetzt hat die Stadt dort ein Blumenbeet angelegt. Aber dort drüben«, Peter zeigte mit den Fingern auf einen kleinen Spielplatz mit Sitzbank, eingerahmt von rosafarbenen Rosen, »genau dort war ein Hochbeet, das hat die Stadt auch entfernen lassen und diesen überflüssigen Spielplatz angelegt.« Die kinderliebe Bärbel fragte mit bösem Unterton:

»Seit wann sind Spielplätze überflüssig?«

Peter lachte bitter auf. »Sieh dich doch nur um! Jedes Haus hat hier ein Grundstück mit mindestens tausend Quadratmetern! Die Leute mit Kindern haben hier ihre privaten Spielplätze mit allem Pipapo. Hier sind Klettertürme in den Gärten, da erblasst jeder Abenteuerspielplatz vor Neid, und die Stadt montiert hier diese zwei albernen Schaukelpferde, auf denen nie ein Kind sitzt. Das Geld hätte man sinnvoller anlegen können.«

Bärbel hatte eine vage Erinnerung, und plötzlich fiel ihr auch wieder ein, was es mit diesem Blumenbeet auf sich hatte. »Das war gar kein Hochbeet!«, rief sie aus.

Peter sah Bärbel erstaunt an. »Wie kommst du denn darauf?«

»Das hat mir meine Oma erzählt! Das war ein Wasserbassin für Löschwasser. Meine Oma hatte eine Freundin hier in der Hohen Tanne. Und wenn sie sich mit ihr zum Spielen treffen wollte, mussten sie immer ihre kleinen Geschwister mitnehmen und auf sie aufpassen. Zu dieser Zeit war aber dieses Wasserbassin schon leer und wurde kurzerhand zum Laufstall umfunktioniert. Der Rand war zu hoch, die Kleinen hatten keine Chance zu entkommen.« Bärbel lachte.

Peter lächelte versonnen. »Irgendwie war früher alles unkomplizierter.«

Es war ein sehr heißer Tag, und Bärbel genoss es, an der Luft zu sein. Sie liefen in den Wald hinter dem Haus und suchten sich einen schattigen Platz, von dem aus sie ungesehen beobachten konnten. Außer ein paar Joggern, Fahrradfahrern und Spaziergängern mit Hunden tauchte niemand auf.

## 28

Ich war dieser stumpfsinnigen Arbeit so überdrüssig! Dafür hatte ich nicht studiert, um nun für einen Hungerlohn langweilige Fotos von Autorücklichtern für einen Katalog am Computer freizustellen. Ich seufzte.

Frieda hatte den Schreck, der ihr nach dem Öffnen dieses unheilvollen Koffers bis zum Zurückbringen in die Garage des verwahrlosten Schulenburg-Hauses ins Gesicht geschrieben stand, erstaunlich schnell überwunden. Sie stellte Vermutungen an, weshalb Freddie am Telefon so merkwürdig war, und war nach wie vor davon überzeugt, dass die Jahn von gegenüber ihren Mann umgebracht hatte, weil sie ihm den Fehltritt, der über vierzig Jahre zurücklag und Freddie als Frucht dieser Liaison hervorgebracht hatte, nicht verziehen hatte.

»Stell dir doch nur vor, wie sie sich gefühlt haben muss! Ihr selbst waren Kinder nicht vergönnt, und ihr wart so oft drüben zum Planschen. Dann muss die Ärmste erfahren, dass der kleine Freddie der Sohn ihres Mannes war. Wer weiß, welche Gefühle auf sie eingestürzt sind. Und aus Rache musste ihr Mann sterben.«

»Frieda, das haben wir nun hundertmal durchgekaut. Wir können es nicht beweisen. Und bitte, bitte komm nicht auf die Idee, den alten Jahn auszubuddeln«, antwortete ich ihr müde.

Wie erschreckend schnell sich ihr kleines Gesichtchen aufhellte! Als hätte jemand eine Lampe angemacht. Sie strahlte mich an. »Lena! Genau das ist es! Wir müssen eine Exhumierung erwirken.«

Ich ließ den Kopf auf die Tischplatte sinken. Eigentlich hätte ich ihn lieber gegen die Tischplatte gehauen. »Nee, nee, nee! Ich mache nicht mehr mit. Ich muss jetzt nach Hause, schlafen und morgen ganz früh wieder arbeiten.« Ich drückte ihr einen Kuss auf die Stirn und streichelte Amsel.

Über die Uferstraße fuhr ich zurück nach Sachsenhausen. Zum ersten Mal nahm ich die neue Brücke wahr, die von der Europäischen Zentralbank auf das Sachsenhauser Ufer stößt.

Zu Hause sank ich erschöpft in einen kurzen, traumlosen Schlaf, um am nächsten Morgen in der Agentur auf jeden Fall vor der Quasselstrippe Pia Löwenberg an meinem Platz zu sitzen. Aber meine Eile war gar nicht nötig: Sie arbeitete samstags nicht. Nun saß ich hier alleine und machte einen Job, der mir überhaupt keinen Spaß bereitete. Was hätte ich sonst werden sollen? Was konnte ich noch werden?

Ich holte mir einen Kaffee aus der kleinen Agenturküche und blätterte dabei ein paar Modeheftchen durch, die auf dem Tisch lagen. Mein Kollege Frank kam mit einem sehr forschen Schritt ebenfalls in die Küche. Er war so aufgesetzt gut gelaunt und legte einen unglaublichen aktiven, dynamischen Lebensstil an den Tag. Er war gestylt, hatte seine Haare mit viel Gel zurückgekämmt und perfekt rasierte, lange schmale Koteletten. Das war jetzt hip. Er erklärte mir mit großen, ausholenden Gesten, wie toll der Job lief, wie weit er schon mit dem Fotografieren sei und dass wir beide ruhig das Wochenende genießen sollten.

»Apropos genießen«, unterbrach ich seinen Wortschwall, »wie sieht es eigentlich mit meiner Bezahlung aus? Ich brauche das Geld wirklich dringend.«

Da wurde er plötzlich ganz ernst und leise. »Lena, du, also da kann ich dir nicht helfen. Der Auftrag muss erst abgeliefert sein, bevor ich eine Rechnung schreiben kann.«

War ja klar, dachte ich resigniert. Der Schaumschläger liefert einen Auftritt, als hätte er einen millionenschweren Auftrag an Land gezogen, kann mir aber nicht mal die fünf Tage Arbeit bezahlen.

»Ich muss Hartz IV beantragen, wenn du mir das Geld nicht geben kannst. Da würde ich eigentlich gerne drum herumkommen.«

Er sah mich entgeistert an, öffnete dann schweigend sein edles Lederportemonnaie, zog einen Fünfzig-Euro-Schein heraus und drückte ihn mir in die Hand.

»Verrechnen wir dann«, brummte er und verabschiedete sich ins Wochenende, während ich den Samstag dazu nutzte, mehr als zwanzig Fotos zu bearbeiten.

An diesem Wochenende fand in meiner Straße das Brückenstraßenfest statt, das jedes Jahr von mir sehnsüchtig erwartet wurde. Ich wusste nicht mehr, auf wessen Initiative es gegründet worden war, wahrscheinlich waren es die Designer, die sich hier niedergelassen hatten. Das Fest war toll! Der Portugiese an der Ecke grillte Sardinen und verräucherte damit die ganze Straße, der Bäcker buk unablässig Waffeln, deren herrlicher Duft sich mit dem Sardinenqualm vermischte. Man konnte gemütlich bei einem Wein sitzen, in die am Abend geöffneten Geschäfte gehen, Bekannte treffen und ein Schwätzchen halten.

Doch dieser Abend schien anders als sonst. Allein schon klimatisch. War es sonst um diese Jahreszeit kühl, und man packte zu dem Straßenfest das erste Mal warme Herbstpullover aus, verzeichnete man diesmal wohl den heißesten Tag des Jahres in Frankfurt.

Als ich am Abend von der Agentur nach Hause lief, zerfloss ich fast vor Hitze. Weit vor der Brückenstraße hörte ich schon bestialische Techno-Bässe durch die Straßen wummern. Ich stand am Anfang der Straße und starrte auf eine Menschenmenge, die sich im Takt bewegte. Es war kein Durchkommen. Die ganze Straße war mit Menschen zugestopft. Weder eine Aussicht auf Wein, Sardinen oder die obligatorischen Waffeln noch darauf, hier irgendjemanden aus der Nachbarschaft zu treffen. Hier kamen irgendwelche partygeilen Jugendlichen zusammen, die weder mit meiner Brückenstraße zu tun hatten noch potentielle Kunden für die kleinen Designerläden waren. Diese Meute mit Bier in der Hand machte mein geliebtes Fest kaputt.

Eine Mischung aus tiefer Traurigkeit und unglaublicher Aggressivität befiel mich. Ich musste über das Abtsgässchen und die Wallstraße nach Hause laufen, denn der direkte Weg war mir durch die Menge versperrt, auch hier war fast kein Durchkommen mehr. Mein Handy klingelte dabei unentwegt, alle meine Freunde und ehemaligen Kollegen, die sich auf das Straßenfest genauso gefreut hatten wie ich, waren entsetzt. Und alle traf ich vor meiner Haustür. Rotwein wurde schnell aus der Eckkneipe besorgt, und jemand erklärte sich bereit, Sardinen und Waffeln zu holen, kam aber nach einer guten halben Stunde unverrichteter Dinge zurück. So saßen wir also in meiner kleinen Wohnung im vierten Stock bei geöffneten Fenstern, ließen uns gezwungenermaßen mit Techno beschallen und sahen bestürzt dem Treiben in meiner Straße zu.

Der nächste Morgen bot einen widerlichen Anblick: Die ganze Straße war zugemüllt. Die Feierwütigen hatten einfach Bierflaschen, Plastikbecher und allen anderen Unrat fallen lassen. Alles war mit Müll übersät und machte es unmöglich, unbeschadet über die Brückenstraße zu kommen. Welcher Idiot hatte das zugelassen? Ich trat gegen eine Bierflasche, als ich diesen Gedanken hatte. Das tat mir aufgrund meines Schuhwerks – einfache Zehensandalen – höllisch weh. Ich verfluchte dieses Fest und hoffte, es würde nie mehr in der gestrigen Form stattfinden. Oder war ich jetzt schon alt geworden?

Ich packte meine Tasche mit Wäsche auf den Rücksitz und fuhr nach Hanau. Je näher ich dem Ziel kam, desto mehr lief mir das Wasser im Mund zusammen. Frieda hatte mir für heute Mittag ihre leckere Grüne Soße versprochen. »Was anderes kann man bei der Hitze eh nicht essen«, hatte sie ihre Meinung dazu kundgetan.

## 29

Das ganze Wochenende wechselten sich die Beamten der Hanauer Dienststelle beim Observieren des Hauses in der Hohen Tanne ab. Am Montag bei der Besprechung berichteten Katrin und Steffen, dass sie Niki bei ihrer Pflegefamilie besucht hatten. Niki nahm an einem Suchtpräventions-Seminar teil. Man hatte sie nochmals genau zu dem gefundenen Drogenkoffer in der Garage befragt. Niki stritt ab, jemals etwas anderes zu sich genommen zu haben als Marihuana. Sie gab unumwunden zu, dass der Koffer dem Mexikaner gehörte und sie gewusst hatte, dass der Koffer unter dem Bett aufbewahrt worden war. Aber sie hatte keine Idee, warum er dann plötzlich weg gewesen und dann in der Garage wieder aufgetaucht war.

»Dieses kleine Biest!«, schimpfte Bärbel. »War mir klar, dass die lügt, als sie behauptet hat, unter dem Bett wären ihre persönlichen Sachen gewesen. Aber warum?«

Katrin zuckte mit den Schultern. »Die ist völlig verunsichert. Sie kommt mir verloren vor.«

»Dass ihr euch da mal nicht täuscht«, brummte Peter Bruchfeld, »die ist mit allen Wassern gewaschen, eine ganz Ausgebuffte. Die tut nur so, als wäre sie ein verlassenes, hilfsbedürftiges Mädchen. Wir sollten unbedingt an der dranbleiben.«

In dem Moment ging schwungvoll die Tür auf, und Josef Geppert trat ein. Er blickte in die Runde und gab knapp bekannt, dass er mit dem Staatsanwalt gesprochen hatte. Da es keinerlei Hinweise gab, dass der Tote durch Fremdverschulden gestorben war, musste man davon ausgehen, dass er sich die tödliche Mischung selbst, vielleicht auch versehentlich, in den Apfelwein gegeben hatte. Seiner Mitbewohnerin konnte nicht nachgewiesen werden, dass sie in einem Zusammenhang mit dem Tod des Mexikaners stand, und da die Observierung auch nichts ergeben hatte, würde der Fall als abgeschlossen betrachtet. Genauso schwungvoll wie Josef Geppert hereingekommen war, verließ er das Zimmer wieder. Er ließ eine irritierte Mannschaft zurück.

Der Erste, der sich wieder gefangen hatte, war Peter Bruchfeld, der durch die Zähne zischte: »Zum Glück sagt er uns das erst heute, nachdem wir das ganze Wochenende auf der Lauer gelegen haben.«

Bärbel strich sich ihre lockigen Haarsträhnen, die ihr immer wieder ins Gesicht fielen, nachdenklich hinter die Ohren. »Wie sieht es aus«, fragte sie ruhig in die Runde, »geben wir auf?«

Katrin räumte ihre ausgebreiteten Berichte zusammen und sagte missmutig: »Anweisung von oben. Lohnt sich nicht, dagegen anzugehen.«

»Wer sagt denn, dass ich dagegen vorgehen will? Ich habe das Gefühl, der Fall ist noch nicht abgeschlossen. Wir könnten ohne den Segen von Geppert weitermachen.« Bärbel klang nun schon energischer, doch Katrin winkte nur müde ab und verließ das Zimmer.

Der innere Kampf, den Peter Bruchfeld mit sich ausmachte, stand ihm förmlich ins Gesicht geschrieben. Einerseits hatte er überhaupt keine Lust weiterzuermitteln, andererseits hatte er die Erfahrung gemacht, dass er Bärbel blind vertrauen konnte. Sie hatte meistens den richtigen Riecher und eine Hartnäckigkeit, ohne die die Polizeiarbeit unmöglich war. Er seufzte. »Du würdest mir sowieso keine Ruhe lassen, also machen wir weiter, aber nur unter der Bedingung, dass der Geppert auf keinen Fall etwas erfährt. Der hat mich eh auf dem Kieker. Der schmeißt mich glatt raus, wenn er spitzkriegt, dass ich auf eigene Faust Ermittlungen durchführe.«

Steif und förmlich meldete sich nun auch Steffen zu Wort, der die ganze Zeit schweigsam zugehört hatte. »Sie können selbstverständlich auf mich zählen.« Es war nicht zu übersehen, dass er stolz, ja fast freudig erregt war. Er wertete es als großen Vertrauensbeweis, dass Bärbel und Peter so offen vor ihm gesprochen hatten.

»So, Jungchen«, knurrte Peter, »das da ist die Bärbel. Ich bin der Peter. Wenn du noch einmal dieses dämliche Sie verwendest, verdonnere ich dich für den Rest deines Lebens zum Kaffeekoch-Dienst.«

Steffen freute sich aufrichtig. Irgendwie fühlte er sich erst jetzt in der Abteilung als echter Kriminaler aufgenommen.

Peter Bruchfeld gab ihm einen ordentlichen Schlag auf die Schulter. »Jungchen, Bärbel und ich haben erst mal frei. Wir sehen uns.«

Beinahe schüchtern kam die verspätete Erwiderung: »Ich bin der Steffen.«

Bärbel gab ihm die Hand. »Schön, dass du in unserem Team bist, Steffen. Wir halten dich auf dem Laufenden.«

Während Steffen an seinen Arbeitsplatz ging, liefen Bärbel und Peter gemeinsam zum Parkplatz. »Erst mal eine Dusche und ein paar Stunden Schlaf, ich rufe dich heute Mittag an.« Damit verabschiedete sich Peter, und jeder ging nachdenklich zu seinem Fahrzeug.

## 30

Tante Frieda legte ihre Lesebrille zur Seite und ließ die Hände in den Schoß sinken. Sie hatte gerade die Todesanzeigen in der Zeitung studiert und war fassungslos. Schon wieder war ein – aus ihrer Sicht – junger Mensch gestorben. Herr Schulz aus dem Meisenweg. Sie kannte ihn nur flüchtig, trotzdem war sie betroffen. Ein weiterer Mensch in ihrer unmittelbaren Nachbarschaft, der noch keine sechzig war und überraschend verschieden war. Sie stand auf und suchte in ihrem Sekretär eine Trauerkarte, die sie vorausschauend in großer Menge bereithielt. Sie schrieb ein paar tröstende Worte an die Witwe und schickte sich an, mit ihrem Dackel die paar Schritte zu dem Haus im Meisenweg zu gehen, um die Karte mit den Beileidsbekundungen einzuwerfen. Ein kurzer Blick in den Spiegel genügte, um zu kontrollieren, ob ihr Strohhut auch ordentlich saß. Zu ihrem Hund sagte sie: »Das Wetter macht mich noch völlig verrückt. Jetzt haben wir schon fast Oktober, und es ist schöner und heißer, als es den ganzen Sommer war.«

Sie schloss sorgfältig die Haustür zu und machte sich auf den Weg. Aus dem Augenwinkel nahm sie eine Bewegung am Schulenburg-Haus wahr. Sofort zog sie energisch den Hund hinter sich her und gab der kleinen Dackelhündin keine Zeit, um an der Markierung eines Rüden zu schnüffeln. Vor dem Haus stand ein großer dunkler, nagelneuer Mercedes mit Hamburger Nummernschild. Sie blieb stehen und betrachtete das Fahrzeug. Aus dem Haus kam ein geschmeidiger, gutaussehender, braungebrannter Mann die Stufen herunter. Er trug einen edlen, hellen Leinenanzug, einen leichten Sommerhut, seine nackten Füße steckten in bequemen und teuer aussehenden Mokassins mit Noppen an der Sohle. Er blieb stehen, als er die kleine, alte Frau vor seinem Haus bemerkte, und sah sie schweigend an.

»Du bist es, Freddie«, stellte Frieda ruhig fest. »Gut, dass du da bist.«

Wenig später saßen die beiden auf der Terrasse von Frieda unter einem Sonnenschirm und tranken Wasser und Kaffee.

»Ich habe Sie nicht mehr wiedererkannt«, gab Freddie zu.

»Kein Wunder! Ich bin alt geworden. Man schrumpft, wird unbeweglich, blind und taub und hat jeden Tag ein anderes Zipperlein. Überleg dir gut, ob du dir das zumuten willst«, lachte Tante Frieda.

Freddie lächelte angestrengt. »Das Haus ist eine Zumutung!«, schimpfte er dann los. »Es ist so widerlich verdreckt, dass ich mir ein Hotel suchen muss. Kennen Sie jemanden, der mir das in Ordnung bringen kann?«

Frieda schüttelte den Kopf. »Ich bin mein Leben lang ohne Putzfrau ausgekommen. Aber vorne, die Frau Herzog in der weißen Villa. Kannst du dich noch an sie erinnern? Die hat eine Putzfrau. Ich glaube, die Nachbarn links auch. Jedenfalls kommt da immer so eine verhuschte Polin. Wahrscheinlich arbeitet die schwarz. So korrekt, wie die Nachbarn nach außen immer auftreten, fallen die in Ohnmacht, wenn ich sie direkt auf ihre Putzhilfe anspreche.«

»Das ist mir völlig egal, ob schwarz oder nicht. Hauptsache, die macht sauber«, erwiderte Freddie barsch. »Woher hatten Sie eigentlich meine Telefonnummer?«

Frieda wurde leichenblass. Auf diese Frage hätte sie vorbereitet sein müssen. Ihr wurde für einen kurzen Moment siedend heiß. Sie erstarrte regelrecht und suchte fieberhaft nach einer schlüssigen Antwort. Nachdem, was ihr ihre Nichte Lena über das kurze Telefonat berichtet hatte, musste sie davon ausgehen, dass Freddie etwas mit den Drogen im Koffer zu tun haben könnte. Das erklärt auch, warum er so schnell aufgetaucht ist, schoss es Frieda durch den Kopf.

»Weiß ich nicht mehr«, antwortete sie kopfschüttelnd. »Ich vergesse immer so viel in letzter Zeit.«

Dass sie so lange nach einer Antwort gesucht hatte, nahm er wohl als Alterserscheinung hin, stellte sie erleichtert fest. Er fragte Frieda nach seinem Mieter, dem jungen Rodiquez Aviles, ob es wahr sei, dass er tot war.

Frieda blickte ihn fragend an und ließ sich Zeit mit der Antwort. »Ach ja. Das hat das Mädchen erzählt. Hatte ich auch schon wieder vergessen.« Frieda schüttelte den Kopf über sich selbst und tätschelte Freddies gepflegte, manikürte Hand mit dem dicken Goldring.

»Nimm es mir nicht übel, lieber Freddie, die Hitze macht mir schwer zu schaffen.«

Freddie knirschte mit den Zähnen und sog tief durch die Nase Luft ein. »Was ist denn jetzt mit dem Mädchen?«, fragte er ungehalten.

Frieda sah ihn erstaunt an. »Welches Mädchen? Die Lena?«

Freddie schloss resigniert für einen Moment die Augen. Frieda beobachtete ihn genau und überlegte, ob es wohl ratsam war, das Spiel auf die Spitze zu treiben. Er würde vielleicht die Fassung verlieren. Ich weiß nicht, was er für ein Mensch geworden ist, dachte sie bekümmert.

»Ach, du meinst das Mädchen aus deinem Haus? Keine Ahnung. Die ist seit ein paar Tagen verschwunden. Ich weiß nicht einmal, wie sie heißt. Obwohl sie in meinem Haus war! Ich hatte sie zum Essen eingeladen, das arme Ding. Völlig ausgehungert war die. Aber jetzt bist du ja da, mein Junge. Jetzt wird alles gut!« Frieda lächelte Freddie scheu an und hoffte inständig, dass er ihr dieses Theater abnahm. Das tat er auch. Er stand hastig auf, bedankte sich für den Kaffee und eilte telefonierend zu seinem Mietwagen.

Frieda wedelte sich mit der Trauerkarte, die noch auf der Konsole im Flur lag, Luft zu und griff zum Telefon. Es meldete sich nur die Mailbox von Lena. Entgegen ihrer Gewohnheit, niemals auf Anrufbeantworter zu sprechen, gab sie nun knapp die Anweisung an ihre Nichte, schnellstmöglich zu kommen. »Freddie ist da.« Mehr sagte sie nicht, bevor sie mit der Trauerkarte in den Meisenweg aufbrach.

## 31

Peter Bruchfeld räkelte sich, gerade frisch geduscht, im Bett, als es an der Tür klingelte. Er überlegte kurz, ob er überhaupt öffnen sollte, sprang dann aber doch mit einem tiefen Seufzer heraus und drückte auf den Türsummer. Bis sein Besuch oben angekommen war, konnte er sich noch ein T-Shirt überziehen. Er öffnete die Tür einen Spalt und staunte nicht schlecht, als die blonde Jasmin vor ihm stand.

»Willst du mich nicht reinlassen?«, hauchte sie.

Peter hatte sich fest vorgenommen, mit Jasmin ein ernstes Gespräch zu führen. Er wollte ihr sagen, dass sie diesen einen Samstagnachmittag vergessen sollten. Andreas war sein Freund. Es gibt dieses ungeschriebene Gesetz, nichts mit der Frau oder Exfrau der Freunde anzufangen, dachte Peter, und daran halte ich mich, das muss ich ihr sagen.

Jasmin hatte ein leichtes Wickelkleid an, das ihre Formen nicht verbarg. »Ich war gerade hier in der Gegend, und da wollte ich dir was zeigen«, säuselte sie, löste geschickt den Knoten an ihrem Kleid und öffnete es. Mit einem erwartungsvollen Lächeln wartete sie die Reaktion von Peter ab. Sie trug eine schwarze Korsage, die ihre vollen Brüste nur mit zarten transparenten Spitzen bedeckte, dazu den passenden Tanga.

Peters Hände ballten sich zu Fäusten. Er kämpfte mit sich, wollte sich abwenden und die Augen verschließen, da zog Jasmin schon die Tür hinter sich zu, schmiegte sich an ihn und fing sofort an, Peter mit der Zunge zu reizen und zu locken. Mit ihren Händen fuhr sie an seinem durchtrainierten Oberkörper entlang und glitt in seine Boxershorts.

»Na also«, stöhnte sie ihm zufrieden ins Ohr und drängte ihn ins Schlafzimmer.

Peter warf Jasmin aufs Bett, riss ihr den Tanga ab und stieß mit seiner ganzen Gewalt in sie, arbeitete seine gesamte Aggressivität ab. Es dauerte nicht lange, bis er kam. Dann rollte er sich mit einem Ächzen unzufrieden zur Seite.

Nach einer Weile brach Jasmin das Schweigen und fragte leise, was los sei.

»Was los ist?« Peter Bruchfeld schrie diese Worte wütend gegen die Wand. Er drehte sich mit einem Ruck um und sah Jasmin ins Gesicht. »Was soll das? Andreas ist mein Freund. Ich will das nicht. Hörst du? Ich will das nicht. Bitte komm nicht mehr hierher. Nie mehr.« Dann drehte er sich wieder auf die Seite. »Bitte geh!«

Jasmin schmiegte sich an seinen Rücken und umarmte ihn von hinten. »Peter«, hauchte sie, »ich mag dich, sehr sogar. Ich finde dich attraktiv. Du machst mich an. Ist das so schwer zu verstehen?«

Peter drehte sich um, ergriff Jasmins Handgelenke

und hielt sie fest. Jasmin versuchte, ihre Hände zurückzuziehen. »Aua, du tust mir weh«, sagte sie gequält.

»Lass mich in Ruhe, Jasmin. Komm nicht mehr hierher. Hast du das verstanden?«

Jasmin gab nicht auf. »Du findest mich doch auch attraktiv, Peter. Das Leben ist so kurz. Lass uns doch ein bisschen Spaß miteinander haben. Mehr will ich doch gar nicht.«

Peter stöhnte. »Sag mal, du willst es einfach nicht verstehen, oder?«

Jasmin lachte auf. »Manche Sachen will ich nicht verstehen.« Sie fuhr mit ihren langen Fingernägeln über Peters Brust.

Peter sprang aus dem Bett, packte Jasmin grob an ihren Armen und zog sie aus dem Bett und dem Zimmer. »Hattest du irgendwas dabei?« Ohne eine Antwort abzuwarten, zerrte er Jasmin in den Flur, öffnete die Tür, schob sie hinaus und knallte die Tür zu. Aus dem Augenwinkel sah er noch Jasmins hochhackige Schuhe, die sie von den Füßen geschnickt hatte, und warf sie Jasmin, die noch verdutzt vor der Tür stand, hinterher. Dann knallte er die Tür wieder zu.

Es dauerte eine ganze Weile, bis sich Peter beruhigt hatte. So grob, wie er gewesen war, wollte er gar nicht zu Jasmin sein. Er war so unglaublich wütend auf sich selbst. Er hatte noch nie eine Frau kennengelernt, die so offensiv war und sich das nahm, was sie wollte. Das faszinierte ihn. Aber sie war die Frau seines Freundes. Was nicht sein darf, das nicht sein kann, dachte Peter und glitt endlich erschöpft in einen tiefen Schlaf.

Sein Schlaf war nicht von langer Dauer. Er wurde durch schrilles Dauerklingeln geweckt und torkelte benommen zur Tür. Er öffnete, und sofort stürmten vier Beamte in seine Wohnung. Irritiert fragte Peter Bruchfeld, was passiert sei. Einer der Beamten legte Peter Bruchfeld Handschellen an, während er nur Gesprächsfetzen mitbekam: »Festgenommen«, »Vergewaltigung«, »übliches Procedere«.

Ein Beamter rief aus Peters Schlafzimmer: »Ah, hier haben wir ja was!«, und steckte triumphierend den zerrissenen Tanga von Jasmin in eine Plastiktüte.

Ganz langsam dämmerte Peter Bruchfeld, um was es ging. Er polterte los: »Sagt mal, habt ihr den Arsch offen? Hat euch einer ins Hirn geschissen? Macht mir die Handschellen ab, aber sofort! Seid ihr noch ganz dicht? Wisst ihr nicht, wer ich bin?« Einer der Beamten sagte ernst:

»Natürlich wissen wir, wer Sie sind, Herr Bruchfeld. Aber wir haben die Anweisung mit Ihnen so zu verfahren wie mit jedem anderen Beschuldigten.«

»Wer hat euch denn *die* Anweisung gegeben? Hey, die Alte will mir eins auswischen, weil ich sie vor die Tür gesetzt hab. Mach mir die Dinger ab.«

Keiner der Beamten sagte ein Wort.

»Lasst mich wenigstens was anziehen!« Peter Bruchfeld wurde in sein Schlafzimmer geführt, die Handschellen wurden ihm jedoch nicht mehr abgenommen, so dass er hüpfend in seine Jeans schlüpfte.

Peter Bruchfeld wurde tatsächlich wie ein Verbrecher abgeführt. Er schwieg und dachte nur: Dieses elende Miststück! Wenn Jasmin bei dem Vergewaltigungsvorwurf blieb, dann hatte er die längste Zeit einen Freund gehabt. Noch schlimmer, fuhr es Peter wie ein Blitz ins Gehirn, dann bin ich meinen Job los.

Peter wurde in den Verhörraum gebracht. Er dachte kurz darüber nach, wer ihn verhören würde. Würde Katrin ihn verhören? Wie würde sie reagieren? Würde sie ihre Position ausnutzen und sich für seine Sticheleien rächen? Nein, er schüttelte gedankenverloren den Kopf. Dazu war sie zu professionell. Bärbel hatte frei, schied also als vernehmende Beamtin aus.

Den jungen Steffen würden sie nicht auf mich loslassen. Während Peter überlegte, welcher Kollege zu ihm kommen würde, ging die Tür auf, und sein Chef Josef Geppert trat ein. Peter schloss kurz die Augen. Der hat mir gerade noch gefehlt, schoss es ihm durch den Kopf.

»Nun, dann wollen wir mal«, sagte Geppert langsam und setzte sich Bruchfeld gegenüber.

## 32

Peter Bruchfeld konnte keinen klaren Gedanken fassen. Wie sollte er vorgehen? Sollte er seinem Chef alles berichten, wie er Jasmin kennengelernt hatte, dass sie im Zusammenhang mit dem Fall stehen könnte? Dann würde der intime Kontakt erst recht gegen ihn verwendet werden. Wäre es unklug, einfach zu schweigen? Das angespannte Verhältnis, das Bruchfeld zu seinem Chef hatte, machte eine vertrauensvolle Unterhaltung nicht möglich. Bruchfeld wusste, dass er auf der Abschussliste von Geppert stand. Wenn rauskam, dass Jasmin die Ehefrau seines Freundes war, würde er auch moralisch verurteilt werden.

»Ich warte«, sagte Geppert.

Bruchfeld wurde es heiß und kalt. Viel aggressiver, als er eigentlich wollte, blaffte er seinen Chef an: »Ihnen ist hoffentlich klar, dass an diesen Vorwürfen nichts dran ist.«

Geppert schwieg lange. »Nein, Herr Bruchfeld. Das ist mir nicht klar. Ich habe hier den Arztbericht. Geschlechtsverkehr fand statt. Fissuren im vaginalen Bereich wurden festgestellt. Das Opfer hat blaue Flecken an den Handgelenken und Oberarmen. Die zerrissene Unterhose wurde sichergestellt.«

Peter Bruchfeld stöhnte auf. »Hören Sie. Ich habe die Frau nicht vergewaltigt.«

»Nun, die Sache sieht nicht gut für Sie aus.«

Peter Bruchfeld atmete schwer ein. »Hören Sie, Herr Geppert. Da ist was anderes am Laufen. Ich brauche Bärbel. Bitte rufen Sie sie an. Sie soll sofort kommen. Ich muss mit ihr reden.«

»Was läuft denn da anderes?« Geppert wurde immer ungehaltener und zeterte plötzlich los: »Wenn das an die Öffentlichkeit kommt! Sie sind eine Schande für die ganze Dienststelle. Ach was, für die gesamte Polizei. Schämen muss man sich für Sie. Abschaum. Widerwärtiger Abschaum, so was in den eigenen Reihen zu haben.«

Peter Bruchfeld sah Geppert entsetzt an, dann sagte er drohend: »Rufen Sie sofort Bärbel an!«

Geppert stand auf und knallte die Tür hinter sich zu.

Bruchfeld ließ den Kopf in die verschränkten Arme sinken. Bärbel war seine letzte Hoffnung. Er fühlte sich wie ein kleiner Schuljunge, der vom Lehrer in die Ecke gestellt wurde, für etwas, was er gar nicht getan hatte. Er war so maßlos enttäuscht von Geppert. Als Chef musste man hinter seiner Mannschaft stehen. Immer. Das hatte sein erster Chef oft gesagt, auch wenn es für Kollegen ernsthaft brenzlig wurde. Sein erster Chef war immer von der Unschuld der Mitarbeiter überzeugt, bis manchmal auch das Gegenteil zutraf. Aber Geppert? Inkompetenter Volltrottel, schimpfte Bruchfeld in Gedanken.

Er saß zusammengesunken im Verhörraum, ohne Kaffee oder Wasser angeboten zu bekommen. Entweder wussten seine Kollegen nicht, dass er hier saß, oder sie trauten sich wegen Geppert nicht zu ihm. Wenn er, Bruchfeld, mitgekriegt hätte, dass jemand aus seinem Team hier sitzen würde, dann wäre er zur Stelle gewesen. Er stand auf und lief um den Tisch. Immer und immer wieder. Er trommelte mit den Fäusten gegen die Wand. Er setzte sich wieder, lief erneut im Kreis. Wie lange dauert das denn?, dachte er ungeduldig. Geppert hatte Bärbel ganz sicher nicht angerufen. Außerdem hätte er, genau wie jeder Beschuldigte, die Gelegenheit erhalten müssen, einen Anwalt hinzuzuziehen. Er schnaubte wütend durch die Nase und entwickelte fürchterliche Rachegedanken.

Die Tür ging auf, und er schnellte herum, um zu sehen, wer da kam. Es war Bärbel. Übermüdet, mit dunklen Augenringen, die Haare strähnig, die verwaschenen Jeans und das ausgeleierte Sweatshirt zeugten davon, wie schnell sie bei der Nachricht aus dem Bett gesprungen sein musste. Sie kniff die Augen zusammen, verschränkte die Arme abwehrend vor dem Körper und presste die Lippen so fest aufeinander, dass sie schon fast weiß waren. Bärbel war zum Heulen zumute. Sie fühlte sich von Bruchfeld betrogen, hintergangen, wie eine Ehefrau, die ihren Mann beim Seitensprung erwischt hatte. Diese Gefühle verwirrten sie. Bruchfeld war ihr Kollege. Schon lange Zeit. Warum traf es sie bis ins Mark, dass der ewig grantelnde Kollege wegen eines Vergewaltigungsvorwurfs hier saß? Warum war sie so enttäuscht? War es die Straftat, die sie schockierte, oder war es die Tatsache, dass er mit einer anderen Frau Sex hatte? Andere Frau? Sie versuchte, den Gedanken aus ihrem Kopf zu verbannen. Andere Frau als sie selbst.

Peter Bruchfeld sah Bärbel an. Er spürte ihren inneren Kampf, ihre Zurückweisung. Er hatte erwartet, dass sie in die Zelle stürmen und ihn mit Fragen überhäufen würde. Aber sie schwieg. Aus seiner unglaublichen Wut wurde ein schlechtes Gewissen. Er hatte Bärbel enttäuscht. Das spürte er plötzlich mit einer Intensität, die ihn fast umwarf. Er wollte sie trösten, um Verzeihung bitten, anflehen, nicht mit ihm zu brechen. Am liebsten hätte er angefangen zu heulen. Es tat plötzlich weh, Bärbel so zu sehen. Er sank auf den Stuhl, senkte den Kopf auf die kalte Tischplatte und vergrub ihn in den Armen. Er schämte sich. Alle Wut, die ohnmächtige Hilflosigkeit, die Rachegedanken, alles war weg. Nur noch Scham brannte in seinem Herzen.

Bärbel schluckte mühsam, klopfte an die Tür und bat den wachhabenden Beamten um Wasser und Gläser. Routiniert nahm sie die Flasche entgegen und setzte sich Peter gegenüber. Bärbel fand sehr schnell ihre Haltung wieder. Distanziert und professionell schob sie ihm ein Glas Wasser hin und fragte, was passiert sei.

Peter Bruchfeld hob den Kopf, ihm war klar, dass er Bärbels Vertrauen nur zurückbekommen würde, wenn er ihr die ganze Wahrheit sagte. »Ich habe Scheiße gebaut. Richtige Scheiße – aber ich habe diese Frau nicht vergewaltigt, Bärbel, das musst du mir glauben.«

Bärbel blickte Peter reglos, ja fast gelangweilt an.

Na klar, dachte er und stöhnte auf, genau das Gleiche hat sie schon x-mal von Vergewaltigern gehört.

»Ich fange von vorne an.« Peter stand auf und ging hin und her. »Du erinnerst dich, als ich zu meinem Freund

Andreas gefahren bin, um seine Frau nach dem verwahrlosten Haus zu fragen?«

Bärbel nickte, eine diffuse Erinnerung an Peters Reaktion auf ihre Frage nach der Maklerin stellte sich ein. Ja, da war was gewesen ... Bärbel richtete sich auf und hörte nun aufmerksam zu.

»Ich schäme mich so«, schloss Peter seinen Bericht ab.

Bärbel zuckte mit den Schultern. »Du bist nicht anders als andere Männer, die, ohne ihr Hirn einzuschalten, schwanzgesteuert ihre primitiven Instinkte ausleben. Wie ihr es geschafft habt, von den Bäumen runterzukommen, wundert mich oft.« Ihre Worte klangen hart und abfällig. »Tut mir leid, Peter, aber ich brauche jetzt erst mal Ruhe, um darüber nachzudenken.«

»Du hilfst mir doch?«, fragte Peter flehend.

Anstatt einer Antwort klopfte Bärbel an die Tür und ging ohne weiteren Gruß hinaus. Im Gang kam ihr wild fuchtelnd Geppert entgegen.

»Nun, was ist mit Bruchfeld?«, wollte er wissen.

»Nichts ist mit Bruchfeld«, erwiderte Bärbel eisig. »Er hat diese Frau nicht vergewaltigt. Das ist Ihnen doch klar, oder?« Dann ging sie grußlos weiter und ließ Geppert verdutzt stehen.

Bärbel verließ die Dienststelle, ging am Goldschmiedehaus vorbei durch den Schlossgarten. Am anderen Ende verließ sie den Park, überquerte die Straße, lief am Schwimmbad in Richtung Kinzig. Sie blieb auf der kleinen Brücke stehen und starrte in die sanften Wellen. Ein älteres Paar schaute sie fragend an. Erst da fiel Bärbel auf, dass sie ihre bequemsten Klamotten anhatte, mit denen sie sicher verwahrlost wirken musste, zudem noch ihre wilden Locken, die sie in der Eile nicht gebändigt hatte. Ihr Gesicht war nass, weil ihr unentwegt Tränen über die Wangen liefen, die sie nicht zurückhalten konnte. Sie wischte sich mit den Händen über die Augen und lächelte das alte Paar an. »Alles in Ordnung«, murmelte sie gequält. Langsam ging sie wieder zurück. Sie musste sich eingestehen, dass sie für Peter Bruchfeld mehr empfand, als sie jemals zugegeben hätte. Ja, sie war verletzt, aber jetzt musste sie professionell handeln und ihre persönlichen Gefühle dabei hintanstellen. Peter war in Schwierigkeiten, in großen Schwierigkeiten, und sie musste ihm helfen. Ein Kollegenschwein bin ich nicht, dachte sie. Bei diesem Gedanken musste sie in sich hineingrinsen. Mit diesem Argument hatte sie schon immer einen Grund gefunden, Peter aus Schwierigkeiten zu helfen.

Sie verfiel in einen schnellen Schritt, lief zurück zum Freiheitsplatz, hoffte, dass Geppert sie nicht auf dem Weg zu ihrem parkenden Auto sah. Auf der Fahrt wurde ihr klar, dass sie zuerst mit dieser Jasmin sprechen musste. Aber nicht in diesem Aufzug. Sie fuhr nach Hause, um sich umzuziehen und die Locken zu einer seriösen Polizeifrisur zu fönen.

## 33

Frieda Engel ging in der Hohen Tanne mit dem Hund spazieren und dachte nach. Das plötzliche Erscheinen von Fred Schulenburg, sein großspuriger Auftritt, der edle Leinenanzug und der dicke Goldring passten genau in das Bild, das sich Frieda von einem Drogenhändler gemacht hatte. Die ganze Geschichte war doch glasklar: Fred war ein Drogenbaron, kümmerte sich um Anbau und die Herstellung von Drogen in Mexiko, verschickte das Ganze an den ehemaligen Studienkollegen, den er hier in der Hohen Tanne einquartiert hatte, und dieser kümmerte sich um die Geschäfte in Deutschland. Die Hohe Tanne ist der perfekte Ort für so ein Verbrechen, überlegte sich Frieda. Jeder lebt zurückgezogen, man kennt eigentlich nur die nächsten Nachbarn oder die Alten, die noch nicht gestorben waren, die, mit denen man einst in die Schule gegangen war. Und selbst mit denen hatte man wenig Kontakt. Um alles andere scherte sich hier niemand. Natürlich rätselte man manchmal mit den Nachbarn, wieso vor dem einen Haus in der Kleiberstraße ständig hochglänzende Limousinen mit allen möglichen Kennzeichen standen, und zwar jede Woche andere, aber niemand hinterfragte das wirklich.

»Wer weiß, was hier noch so alles vor sich geht«, sagte Frieda zu dem kleinen Dackel. Sie lief an einem der großen Apartmenthäuser in der Amselstraße vorbei. »Tja, kleiner Hund, in der Villa, die hier mal stand, bist du geboren worden, deshalb heißt du ja auch Amsel!«

Frieda hielt kurz inne. Sie hatte einen Entschluss gefasst. Die Geschichte mit dem Drogenkoffer ließ ihr keine Ruhe mehr. Ihre Nichte Lena war strikt dagegen, die Polizei einzuschalten, aber hatte sie eine andere Wahl? Erst heute hatte sie in der Zeitung gelesen, dass in Mexiko ein riesiges Feld mit Marihuana entdeckt worden war. Das gehörte vielleicht sogar dem Fred. Wenn er etwas damit zu tun hatte, war es ihre Bürgerpflicht, sein Auftauchen zu melden. Sie wollte zu dem gutaussehenden Andreas in der Parallelstraße gehen. Er hatte einen Freund, der Polizist war, das wusste sie ja von Lena. Dem werde ich einfach alles erzählen. Der wird wissen, was zu tun ist.

Als Frieda um die Ecke bog, sah sie, wie ein Auto direkt vor dem Haus parkte und die junge Polizistin ausstieg, die, die sie befragt hatte, ob ihr irgendetwas bei dem verwahrlosten Haus aufgefallen sei. Frieda blieb stehen, denn Amsel schnupperte intensiv an einem Laternenpfahl.

Die Beamtin schaute sich nach allen Richtungen um, da niemand ihr die Tür öffnete. Frieda stand gerade so an der Ecke, dass sie nicht gesehen werden konnte. Die Frau fummelte an der Tür herum und ging dann plötzlich hinein.

Frieda war unschlüssig, was sie nun tun sollte. Eben war sie noch fest entschlossen gewesen, mit dem Andreas zu sprechen. Aber vielleicht war er ja überhaupt nicht da. Sie ging die kleine Straße entlang in Richtung Wald und nahm sich vor, einfach so lange auf und ab zu gehen, bis die Polizistin wieder weg war. Andererseits konnte sie auch einfach klingeln. Ob sie Andreas oder gleich einer Polizistin alles erzählte, war eigentlich egal. Trotzdem hatte sie so ein unbehagliches Gefühl, dass da was nicht stimmte. Die Polizistin hatte ganz sicher keinen Schlüssel benutzt, dafür hatte sie zu lange an der Tür herumhantiert.

Frieda machte wieder kehrt und ging auf das Haus zu, als ein Auto vor der Einfahrt hielt und die aufgetakelte Frau von Andreas beim Aussteigen ihre langen blonden Locken aus dem Gesicht strich und zur Eingangstür stöckelte. Frieda hielt inne. Was sollte sie jetzt tun? Ach, im Grunde geht mich das alles überhaupt nichts an, sagte sie sich und schickte sich an, nach Hause zurückzukehren. Sie ging an der Doppelhaushälfte vorbei und versuchte, durch die Fenster, die zur Straße lagen, einen Blick zu erhaschen. Leider war sie dafür zu klein, sosehr sie sich auch streckte, sie konnte keine Bewegung ausmachen.

In dem Moment kam ihr eine Nachbarin mit einem gepflegten Border-Collie entgegen. Sie tauschten Höflichkeiten und Hundekuchen aus. Die Nachbarin fragte Frieda, ob sie schon von dem tragischen Tod von Michael Meyer aus dem Finkenweg gehört hätte. Doch Frieda kannte keinen Michael Meyer.

Die Nachbarin war sichtlich zufrieden, dass sie einmal mit Neuigkeiten auftrumpfen konnte: »Oh, Frau Engel! Ein wirkliches Drama! Er hat erst dieses Jahr geheiratet!

Gerade mal zweiunddreißig ist er geworden. Auf dem Tennisplatz! Mitten im Spiel tot umgefallen. Herzversagen. Die arme Frau!«

Frieda war sichtlich erschüttert. Sie wollte noch nachfragen, ob Kinder da waren, da kam die blonde Maklerin aus dem Haus gerannt, setzte sich ins Auto und brauste mit quietschenden Reifen davon.

»Na, die hat es aber eilig!«, stellte die Frau mit dem Border-Collie kopfschüttelnd fest.

## 34

Peter Bruchfeld saß immer noch im Verhörraum. Geppert ließ ihm »Bedenkzeit«.

»Wozu?«, hatte Bruchfeld seinen Vorgesetzten angefahren.

»Nun, Sie wissen selbst, dass sich ein Geständnis positiv für Sie ...«

Peter Bruchfeld sah Josef Geppert völlig entgeistert an und zischte nur: »Raus hier, aber ganz schnell, bevor ich mich vergesse.«

Geppert hatte nur mit den Schultern gezuckt und die Zelle verlassen.

Peter Bruchfeld ging diese unsägliche Traurigkeit in Bärbels Augen nicht mehr aus dem Kopf. Wenn ihn das nicht so tief getroffen hätte, dann wäre er wahrscheinlich völlig ausgetickt. Ich hätte dem Geppert einfach ein paar aufs Maul hauen sollen, dem blöden Wichser, dachte er bitter. Klar, dass er damit alles nur noch schlimmer gemacht hätte.

Immerhin hatte er mittlerweile was zum Essen bekommen. Der Neue, Steffen, hatte gefragt, was er ihm bringen dürfe. Der scheint doch nicht so verkehrt zu sein, dieses Pickelgesicht, dachte Bruchfeld milde gestimmt. Steffen war ausgesucht höflich und sorgte für frischen Kaffee, Kuchen und ein paar Zeitungen.

»Mehr kann ich leider nicht für dich tun – der Chef hat mich schon angeschnauzt.«

Sogar Katrin war vorbeigekommen. »Es tut mir so leid, Peter«, hatte sie gesagt. »Egal, was du für ein Stinkstiefel bist – das hast du nicht verdient. Der Geppert hat sich völlig auf dich eingeschossen. Ich wollte die Frau, die dich angezeigt hat, nochmals befragen, aber Geppert hat das strikt untersagt.«

Peter Bruchfeld war gerührt. Wie großmütig Katrin war! Das hätte er ihr nicht zugetraut. Er an ihrer Stelle hätte es nicht über sich gebracht, ausgerechnet dem Kollegen zu helfen, der ihr jeden Fehler unter die Nase rieb. Katrin drückte ihm die Schulter. »Du wirst sehen, es klärt sich alles auf.«

»Wenn du Bärbel siehst, sag ihr doch bitte, ich möchte mit ihr sprechen«, bat Peter leise.

Katrin nickte nur stumm und verließ den Verhörraum.

## 35

Ich war völlig genervt, als ich mich zu Frieda aufmachte. Heute hatte ich nur halb so viele Fotos geschafft, wie ich mir vorgenommen hatte. Ich fummelte an jedem Bild zu lange herum. Bei dem Geld, was ich damit verdiente, müsste ich mir eigentlich keine Gedanken darüber machen, ob das Sportlenkrad mit Lederbezug einen Schatten warf oder nicht.

Ein Werbetexter grübelte über Sätze, die alle technischen Details beinhalteten und zum Kauf animieren sollten. Er war genauso genervt wie ich und moserte die ganze Zeit über diesen hirnlosen Job herum. Nicht gerade motivierend. Dazu kam meine Angst vor Fred. Er war also da, und ich war es, die ihn aufgeschreckt hatte. Er wusste, dass ich was wusste. Sonst hätte er nicht so scharf danach gefragt, woher ich seine Telefonnummer hätte. Frieda hörte sich auf meiner Mailbox an, als würde sie bedroht. Vielleicht hatte Freddie sie schon in seiner Gewalt – gefesselt und geknebelt in der Küche – und hielt ihr eine geladene Pistole an die Schläfe.

Ich schüttelte mir die Bilder aus dem Kopf und ging missmutig zu meinem Auto. So oft, wie ich in letzter Zeit hin- und hergefahren war, konnte ich mir ausmalen, dass die alte Klapperkiste nicht mehr lange halten würde. Aber woher sollte ich Geld für ein neues Auto nehmen? Ich musste mir einen anderen Job suchen.

Ich versuchte noch mal, Frieda anzurufen, aber sie ging nicht dran. Vielleicht war sie schon tot ... So schnell, wie ich konnte, fuhr ich nach Hanau, diesmal auf der anderen Mainseite, was auch nicht schneller ging.

Frieda saß wie gewohnt in der Küche und trank Tee. Sie trank immer Tee, ob im Sommer oder Winter.

»Warum gehst du nicht ans Telefon? Weißt du, welche Sorgen ich mir gemacht habe? Wahrscheinlich bin ich geblitzt worden, so wie ich hierhergedonnert bin!«, schimpfte ich los.

Frieda wurde ganz blass und sagte nur, den Strafzettel würde sie übernehmen.

Ich trank auch eine Tasse Tee und wunderte mich, dass Frieda nicht sofort aufsprang, um Kuchen oder Kekse zu holen. Sie sah wirklich mitgenommen aus.

»Lena, was für ein Tag! Zuerst die Todesanzeige von Herrn Schulz, dann der Fred, vorhin erzählt mir die Border-Collie-Frau von einem wirklich tragischen Todesfall hier im Club und dann noch die Polizistin.« Sie seufzte tief.

Nachdem mir Frieda ihre Beobachtungen geschildert hatte, überlegte ich, was das wohl bedeuten könnte.

»Vielleicht hat die Polizistin ein Verhältnis mit Andreas, und die aufgebrezelte Blonde ist deshalb so schnell aus dem Haus, weil sie die beiden in flagranti erwischt hat?«

»Nein, nein, Lena!«, unterbrach mich Frieda ungehalten, »ich sage dir doch, die Polizistin ist eingebrochen!«

Ich schüttelte den Kopf. »Frieda, tut mir leid, aber das kann ich beim besten Willen nicht glauben. Der Freund von Andreas hat immer gesagt, solche Dinge gibt es nur im Fernsehkrimi. Es gibt keine illegalen Untersuchungen oder Fallen, die gestellt werden, schon gar keine heimlichen Hausdurchsuchungen.«

Ich stand auf, um im Kühlschrank nach etwas Essbarem zu suchen. »Ich bin jedenfalls froh, dass du nicht zu Andreas bist. Überleg doch mal, Frieda, wenn du gebeichtet hättest, dass wir den Drogenkoffer hatten ... Wir haben uns strafbar gemacht. Ich will wirklich in nichts mit reingezogen werden. Lass es gut sein. Es geht uns nichts an. Wenn Fred kommt, sagen wir ihm, dass wir seine Telefonnummer von diesem Mädchen, der Niki, haben. Wir wissen nichts. NICHTS. Hast du verstanden?« Frieda sah durch das Fenster in die Dämmerung. »Es lässt mir keine Ruhe, Lena, lass uns zu Andreas gehen und klingeln.«

»Und dann?«, fragte ich unwirsch. »Was willst du sagen? Ich suche eine Polizistin?«

Frieda kaute auf ihrer dünnen Unterlippe herum. »Komm, wir gehen eine Pizza essen. Ich lade dich ein.«

Wir liefen schweigend zur kleinen Parkwirtschaft und hingen beim Essen düsteren Gedanken nach.

# 36

Die Tür zum Vernehmungsraum – die Zelle, in der Peter Bruchfeld seit den Morgenstunden saß – wurde schwungvoll aufgerissen, und ein Streifenpolizist verkündete förmlich: »Sie können gehen.«

»Was? Das ist alles? Wo ist Geppert?«, fragte Bruchfeld und sah links und rechts in den Flur. »Ich erwarte eigentlich eine Entschuldigung.«

Der Beamte zuckte mit den Schultern. »Herr Geppert hat vor einer halben Stunde sein Büro verlassen.«

Peter Bruchfeld rieb sich die Schläfen. »Wer hat veranlasst, dass ich rauskomme?«

»Der Diensthabende.«

Peter Bruchfeld atmete tief ein. »Aha, der Diensthabende«, und dann laut wie ein Feldwebel auf dem Exerzierplatz: »Wer?«

Der Beamte zuckte zusammen und nannte den Namen eines Kollegen aus einer anderen Abteilung.

Bruchfeld lief zuerst im Laufschritt in sein Büro, in der Hoffnung, Bärbel dort anzutreffen. Mit dem Diensthabenden, der seine Entlassung veranlasst hat, wollte er später reden.

Eine Kollegin aus Offenbach, die schon öfter als Urlaubsvertretung und an Wochenenden ausgeholfen hatte, saß an seinem Schreibtisch.

»Was machst du denn hier?«, fragte Peter ungläubig. Die junge Frau aß gerade ein Wurstbrot und sprach undeutlich mit vollem Mund: »Du sitzt ein, und Bärbel ist nicht gekommen, da hat man mich geholt.«

»Wie? Bärbel ist nicht gekommen?« Er griff zum Telefon und wählte Bärbels Nummer, nach etlichen Freizeichen schaltete sich ihr Anrufbeantworter an. »Bärbel, hier ist Peter, ruf mich sofort an, wenn du das hörst.« Dann wählte er Bärbels Handynummer. Hier sprang sofort die Mailbox an. Das war ungewöhnlich für Bärbel. Ihr Handy war nie ausgeschaltet.

Er rief Katrin an und fragte, was los sei.

»Ich wollte kein Fass aufmachen, Peter. Vielleicht hat Bärbel deine Verhaftung zu sehr zugesetzt, und sie braucht mal ein paar Stunden für sich. Deshalb habe ich die Vertretung aus Offenbach angefordert.«

»Katrin, hat Bärbel jemals auch nur eine Stunde unentschuldigt gefehlt?«, fragte Peter atemlos in den Hörer.

»Nein, Peter, aber hast du schon jemals wegen Vergewaltigung gesessen?«

Peter gab ein grunzendes Geräusch von sich.

»Na also«, sagte Katrin sanft. »Lass ihr ein bisschen Zeit! Wir sehen uns morgen.«

Als Nächstes rief Peter den Kollegen an, der seine »Freilassung« angeordnet hatte.

»Die Anzeige wurde zurückgezogen. Ich hab die Alte – Mann hat die Dinger – natürlich darauf hingewiesen, dass eine Falschanzeige Konsequenzen für sie hat. Ich habe sofort den nächstbesten Beamten zu dir geschickt. Ist alles in Ordnung?«, fragte der Diensthabende.

»Hast du dem Geppert schon Bescheid gesagt?«

»Nö, sollte ich?«

»Alles bestens, lass mal, der erfährt es ja früh genug. Wie ich mich auf sein blödes Gesicht freue!«

Beide lachten am Telefon, aber Peters Lachen war nicht echt. Nachdenklich legte er auf.

Er lief zum Freiheitsplatz und hielt Ausschau nach einem Taxi. Zuerst ließ er sich zu Bärbels Wohnung fahren. Alles war dunkel, und auf sein Klingeln kam keine Reaktion. Er ließ sich nach Hause chauffieren, dem Taxifahrer hatte er auf der Fahrt erklärt, dass er erst in die Wohnung müsse, um Geld zu holen. Der Taxifahrer stieg die Treppe mit Peter hoch. Peter verfluchte in Gedanken die Beamten, die ihn so unkollegial abgeholt hatten. Immerhin, seine Haustür hatten sie abgeschlossen und ihm den Schlüssel überlassen. Handy und Geld hatten sie ihn nicht mitnehmen lassen. Für diese Drecksäcke würde er sich noch was ganz Besonderes einfallen lassen. Aber erst musste er Bärbel finden. Er gab dem Taxifahrer, völlig in Gedanken an Bärbel, ein viel zu großzügiges Trinkgeld und nahm nicht wahr, wie sich das unrasierte Gesicht des Fahrers aufhellte.

Er schloss die Tür hinter sich und lehnte sich von innen dagegen. Es erschien ihm so unwirklich fern, dass er erst heute Morgen hier abgeholt worden war. Brutal abgeholt worden war.

## 37

Bärbel saß in einem schalldichten, fensterlosen Keller. Sie hatte schon von ihrer Großmutter erzählt bekommen, dass etliche Bewohner der Hohen Tanne nach dem Krieg einen Bunker bauen ließen. Sie hatte das für Gerüchte gehalten, aber nun saß sie zweifellos in einem solchen. Als sie vor dem Haus gestanden und auf ihr Klingeln niemand reagiert hatte, überkam sie plötzlich so ein unbestimmtes Gefühl, so, als würde sie hier die Antwort auf alle Fragen bekommen. Bärbel war sich plötzlich sicher, dass die Frau Peter Bruchfeld nur verführt hatte, um von sich selbst abzulenken. Es war nur anders gekommen, als die sich das ausgemalt hatte. Die auffällige Frau wollte Peter in ihren Bann ziehen, um weitere Ermittlungen und Fragen zu verhindern, was ihr zunächst wohl auch gelungen war. Mit Peters Abfuhr konnte die sexy Dame wohl nicht umgehen, oder sie wollte ihn mit der Anzeige wegen Vergewaltigung aus dem Verkehr ziehen. Vielleicht hätte die Blonde Peter sogar angezeigt, wenn er sie gar nicht rausgeschmissen hätte. Oder vermutete Bärbel das nur, weil es Peter in ein besseres Licht rückte? Suchte sie eine Entschuldigung für ihn, für sein Verhalten, damit ihr Bild von ihm und ihren Gefühlen, über die sie sich erst jetzt klargeworden war, keine Risse bekäme? Bärbel musste in dieses Haus, auch, um darüber Klarheit zu gewinnen.

Sie hatte sich immer an Vorschriften gehalten. Aber in diesem Fall hätte es, wenn überhaupt, bis morgen gedauert und sehr viel Überzeugungsarbeit gekostet, um einen Durchsuchungsbeschluss zu erhalten. Gefahr im Verzug, hatte Bärbel gedacht, damit käme ich im Notfall aus der Nummer raus.

Ihr geübtes Auge hatte mit einem Blick wahrgenommen, dass dies noch die Originaltür war, eine ohne Pilzkopf-Verriegelung. Sie hatte leicht gerüttelt und an dem Spiel sofort erkannt, dass nicht abgeschlossen war. Sie hatte sich kurz umgesehen und war sicher, dass sie niemand beobachtete, hatte schnell ihre Kreditkarte in den Türspalt geschoben, und obwohl sie diese Art der Türöffnung nie geübt hatte, war die Tür nach ein paar Minuten aufgesprungen. Sie war hineingeschlüpft und hatte sich im Haus umgesehen. Zuerst im Erdgeschoss, dann oben. Es war absolut unauffällig eingerichtet. Im Arbeitszimmer blätterte sie hastig ein paar Unterlagen durch. Besichtigungsprotokolle und Exposés von Häusern und Wohnungen, übliche Makler-Unterlagen.

Bärbel ging schnell und leise nach unten und war schon auf dem Weg zur Haustür gewesen, als sie die versteckte tapezierte Tür zum Keller entdeckte. Unten eine saubere und aufgeräumte Waschküche, ein Vorratsraum mit ein paar Packungen Nudeln und Fertigsaucen. Und da, hinter einem einfachen Holzregal mit leeren Einmachgläsern und Schachteln, diese schwere dicke Eisentür mit einem riesigen Riegel und Drehkreuz. Solche Luftschutzbunker kannte sie von Altbauten. Ungewöhnlich für ein Haus aus den Fünfzigern. Sie schob das Regal zur Seite und wunderte sich noch, wie leicht das ging. Es bewegte sich kein Glas und keine Schachtel. Sie wollte später nachsehen, ob die Gläser befestigt waren, und warum sich das Regal so leicht und geräuschlos verschieben ließ. Sie schob die schwere Eisentür auf, und ihr stockte der Atem: ein Labor!

In diesem Moment erstarrte sie, denn oben ging die Haustür auf und wurde wieder ins Schloss geworfen. Bärbel biss sich auf die Lippe. Sie hatte die tapezierte Tür zum Keller offen stehen lassen. Wie kann man nur so dumm sein, schalt sie sich selbst. Da hörte sie schon die Highheels auf der Treppe klacken. Ihre Dienstwaffe hatte sie nicht dabei, hatte sie die Blonde doch privat in Augenschein nehmen wollen. Sie stellte sich aufgerichtet in die Tür des Bunkers und blaffte sofort los, noch ehe Jasmin die letzte Stufe erreicht hatte.

»Das wird den Staatsanwalt interessieren, was Sie sich da Hübsches aufgebaut haben.«

Jasmin lächelte undurchschaubar.

Sie muss doch Angst haben, oder? Woher soll sie wissen, dass ich alleine in dem Haus bin? Ich muss bluffen ... nur wie?, schoss es Bärbel durch den Kopf. Sie zog gelassen ihr Handy aus der hinteren Hosentasche und fing an, auf die Tasten zu drücken.

Jasmin war trotz ihrer Highheels mit einem Satz bei Bärbel, riss ihr das Telefon aus der Hand und gab ihr einen Stoß in den Bunker hinein.

Bärbel war völlig verdutzt. Als sie sich wieder aufgerichtet hatte, da war die Tür schon zu. Bärbel hämmerte gegen die Tür und rief, drohte damit, dass, wenn sie sich nicht sofort bei den Kollegen melden würde, in fünf Minuten das gesamte Einsatzkommando das Haus hochgehen lassen würde.

Aber nichts geschah und ... Bärbel hörte nichts mehr. Stille. Sie hörte keine Stöckelschuhe über den Boden klacken, keine Flugzeuge oder Güterzüge. Sie war in einem gut isolierten Raum. Wenn keine Geräusche von außen nach innen drangen, würde auch niemand sie hören können. Egal, wie laut sie rief oder klopfte.

Trotzdem war Bärbel irgendwie erleichtert. Sie hatte den richtigen Riecher gehabt. Diese auffallende Frau hatte etwas zu verbergen ... nur was eigentlich? Sie nahm die ganzen aufgebauten Instrumente unter die Lupe. Glaskolben, Spiralen, Heizplatten, verschiedene Pulver und Flüssigkeiten, kleine Flaschen am anderen Ende des langen Holztisches. Bärbel war sich sicher: Hier wurden Amphetamine hergestellt. Ein Drogenlabor mitten in der Hohen Tanne. In dem Haus, in dem der Hauptkommissar Peter Bruchfeld ein und aus gegangen war. Wusste er davon?

Was würde als Nächstes geschehen?

## 38

Am nächsten Morgen weckte mich Frieda aufgeregt. Sie stand barfuß in einem langen, wallenden Nachthemd vor meinem Bett. Ihre kurzen schlohweißen Haare standen kreuz und quer von ihrem Kopf ab. Nachdem wir gestern Abend unsere Pizza gegessen hatten, waren wir langsam zum Haus zurückgelaufen, und ich hatte Amsel kurz zum Waldrand geführt. Dabei hatte ich nachgesehen, ob Licht im Schulenburg-Haus brannte. Es war dunkel gewesen, und auch kein Auto mit Hamburger Kennzeichen hatte vor der Tür gestanden.

Vor meinem Bett verhaspelte sich Frieda, und ich konnte schlaftrunken nur Bruchstücke erfassen: »Auto, Polizistin, nachsehen.«

Aha! Da konnte ich ja noch eine Runde schlafen. Es dauerte auch nicht lange, da hörte ich schon die Tür unten zuschlagen. Mit einem Seufzer stand ich dann doch auf. Ich musste heute wieder langweilige Autozubehör-Fotos bearbeiten. Was nicht das Schlimmste war, aber dieser nörgelnde Texter und die Quasselstrippe am Empfang würden mir wieder den Rest geben.

In der Küche herrschte Leere. Kein Kaffee, kein Frühstück, nicht mal ein geschmiertes Butterbrot lag da für mich. Wenn Frieda einer Fährte nachgehen kann, vergisst sie alles, dachte ich missmutig und setzte Wasser auf. Gähnend sah ich auf die Uhr. In dem Moment kam Frieda schon wieder durch das kleine Vorgartentor. Mit roten Wangen rief sie bereits im Hausflur: »Lena! Lenaaaa! Das Auto der Polizistin steht da noch!«

»Das ist mir im Moment grad egal!«, gab ich zurück. »Zuerst Kaffee, dann alles Weitere.«

Frieda kam in die Küche gestapft. »Kind, du kostest mich manchmal Nerven! Versteh doch, die Beamtin ist noch in dem Haus. Ich gehe jetzt wieder hin und klingle.« Frieda hielt kurz inne und überlegte. »Besser ist, das machst du! Du fragst Andreas, ob er dir was helfen kann! Irgendwas. Dein Auto springt nicht an, oder so.«

Ich schlug die Hände vors Gesicht. »Frieda, davon will ich nichts hören. Du mischst dich in Sachen ein, die dich nichts angehen. Denk nur an diese Koffer-Geschichte. Jetzt soll ausgerechnet ich Andreas fragen oder – noch besser – diese Tussi. Nein. Tut mir leid. Mach ich nicht.«

Nach meinem überlebensnotwendigen Kaffee hatte mich Frieda natürlich so weit. Zusammen gingen wir um die Ecke und klingelten an dem Haus von Andreas. Meine Knie wurden weich, und die Schmetterlinge in der Magengegend machten sich bemerkbar. Würde Andreas die Tür öffnen, dann würde ich knallrot anlaufen. Das wusste ich schon jetzt.

Die Tür ging nach einer Weile auf, und diese Schlampe – ich hatte meine Eso-Freundin gar nicht nach bleibenden

Schäden gefragt! – warf ihre blonde Mähne filmreif nach hinten. Das Oberteil war so eng, dass die dicken Brüste Gefahr liefen, herausgedrückt zu werden. Ich starrte ihr ins Dekolleté und bemerkte, dass sie süffisant grinsend meinen Blick erwiderte. Ich wurde rot. Auch ohne Andreas.

Frieda sah mich kurz an, dann an der Blonden hoch und fragte: »Bei meiner Nichte springt das Auto nicht mehr an, könnte vielleicht Ihr Mann kurz helfen?«

Jasmin schüttelte den Kopf und sagte ausgesprochen liebenswürdig, dass Andreas auf einer Dienstreise sei und erst nächste Woche zurückkommen würde.

»Sie verreisen auch?«, erkundigte ich mich und deutete auf die Koffer, die im Flur standen.

Jasmin drehte sich erstaunt um, so als würde sie die Koffer zum ersten Mal sehen. »Ähh ... ja, ich muss auch weg. Geschäftlich. Leider.«

»Sagen Sie, wo ist denn die Dame, der dieses Auto da gehört?«, fragte Frieda völlig unvermittelt und zeigte auf den Kleinwagen, der direkt vor dem Haus stand.

Die Blonde starrte das Auto an. Sämtliche Gesichtszüge waren ihr entglitten, und ihr knallroter Mund mit den dicken Lippen stand offen. »Oh, äh, keine Ahnung, wem das gehört. Entschuldigen Sie mich jetzt bitte.«

Die Tür ging ohne weiteren Abschiedsgruß zu, und Frieda sah mich triumphierend an. »So, glaubst du mir jetzt?«

Ich sah zweifelnd auf meine kleine Tante herab. »Frieda, ja, ich gebe zu, ihre Reaktion war etwas merkwürdig – aber, ehrlich gesagt, ich finde diese ganze Person seltsam.

Wir können nicht ihr Haus stürmen und nach einer Polizistin suchen. Die ist sicher schon längst weg. Vielleicht hat *ihr* Auto ja eine Panne und steht deshalb hier.« Ich zuckte mit den Schultern.

»Lena, jetzt überleg doch mal! Wie heißt denn der Freund vom Andreas? Du hast doch gesagt, er ist Polizist. Er wird wissen, was zu tun ist.«

Ich zermarterte mir das Hirn, wie dieser depressive Kommissar hieß, der mir damals einen Strich durch die Rechnung gemacht hatte und mir keine Chance gelassen hatte, näher und vor allem alleine an meinen Traummann zu kommen. »Ich glaube, Peter oder so ähnlich ...«

Frieda schnaubte ärgerlich durch die Nase. »Na, mit diesem Namen kommen wir ja dem richtigen Herrn extrem nahe!«

## 39

Die Tür zum Bunker ging leicht, wie frisch geschmiert, auf. Jasmin stand in der Tür und richtete eine Waffe auf Bärbel.

Bärbel hatte die Nacht auf dem kalten Boden verbracht, geschlafen hatte sie nicht, war vielleicht ein paarmal kurz weggedöst. Hunger hatte sie und Durst. Quälenden Durst. Ihr Mund und ihre Kehle brannten vor Trockenheit. Pinkeln hatte sie müssen. In ihrer Not hatte sie leere Glaskolben benutzt und in die Ecke gestellt. Müde und matt schaute sie auf die Waffe, die auf sie gerichtet war.

»Autoschlüssel her. Schnell.«

Bärbel war sich nicht sicher, ob Jasmin die Waffe wirklich benutzen würde. Besser kein Risiko eingehen, dachte sie schlapp, zog den Schlüssel aus ihrer Hosentasche und warf ihn Jasmin zu. Diese bückte sich, ohne den Blick von Bärbel zu lassen oder die Waffe zu senken.

Das wäre meine einzige Chance gewesen, dachte Bärbel und sagte nur: »Wasser. Geben Sie mir wenigstens Wasser.«

Die Tür fiel leise zu und wurde von außen verriegelt.

## 40

Als ich mit Frieda um die Ecke bog, sahen wir, dass am Ende der Straße gerade zwei große LKWs parkten. Arbeiter sprangen aus dem Wagen und fingen an, das Schulenburg-Haus zu räumen.

Frieda und ich gingen näher zu dem Haus. Auf den LKWs standen Anschrift und Telefonnummer einer Hausmeister- und Entrümpelungsfirma. Ein besonders garstig aussehender Mann hatte eine Zigarette im Mundwinkel, begutachtete jedes herausgetragene Möbelstück und zeigte dann, auf welchen Laster es geladen werden sollte.

Eine große Limousine mit Hamburger Kennzeichen brauste heran, und Fred stieg schwungvoll aus dem Auto. Er lupfte seinen Hut und wünschte uns gut gelaunt einen wunderschönen guten Morgen.

Frieda und ich rechneten mit dem Schlimmsten. Was, wenn uns der Drogenbaron aus Mexiko einfach erschoss? Wir beide standen starr vor Schreck und ließen Freddie nicht aus den Augen. Jede seiner Bewegungen registrierten wir argwöhnisch.

»Ist mit den Damen alles in Ordnung?«, fragte Freddie, lachte und kam mit ausgestreckter Hand auf mich zu. »Mensch, Lena! Ich freu mich ja so, dich wiederzusehen!«

»Oh, äh, ja, also Freddie, hähähä, ganz meinerseits«, gab ich stammelnd zurück.

Ich suchte den Blick von Frieda, zuckte leicht mit den Schultern und sagte dann ernst zu Fred: »Am Telefon hast du dich nicht grade erfreut angehört.«

Fred lachte entschuldigend. »Da hast du mich gerade auf dem falschen Fuß erwischt.« Dann fügte er sehr weltmännisch souverän hinzu: »Ich muss nur noch kurz was regeln. Können wir dann irgendwo Kaffee trinken gehen? Drüben im Parkcafé vielleicht? Ich fliege heute Abend wieder nach Hause. Wäre doch schön, wenn wir ...«

»Das Café gibt es schon lange nicht mehr«, unterbrach Frieda ihn. »Kaffee können wir auch bei mir trinken.«

Fred bezahlte den garstigen Mann mit einem Bündel Geldscheine und fuchtelte noch erklärend mit den Händen, bevor er uns auf dem Weg zu Friedas Haus einholte.

Da es in den letzten Tagen doch empfindlich kühl geworden war und man nicht mehr draußen sitzen konnte, deckte ich den Tisch mit dem guten Geschirr aus der Anrichte im aufgeräumten Wohnzimmer.

Während Frieda und ich noch äußerst angespannt waren, ließ sich Fred auf einen der dick gepolsterten Stühle plumpsen und plauderte gut gelaunt los: »Ich bin ja so froh darüber, dass ich hier alles so schnell regeln konnte. Tragisch ist natürlich der Tod von Rodiquez. Seine Eltern haben es kommen sehen, dass es böse mit ihm enden wird.«

»Er war ein Studienkollege von dir, oder?«, fragte ich vorsichtig.

»Nein.« Fred schüttelte den Kopf. »Wie kommst du denn darauf? Er war der Sohn meiner Gasteltern. Erinnerst du dich nicht mehr? Elfte Klasse? Mein Gott, ist das lange her!« Nach einer Pause, in der Fred versonnen irgendwelchen Erinnerungen nachhing, erklärte er uns weiter: »Diese kleine Schwuchtel hatte massive Drogenprobleme und hat seinen Eltern nur Kummer gemacht. Seine Eltern sind ehrbare Leute, die haben mir sehr geholfen, als ich nach Cancún gezogen bin. Na ja, und als dann nach dem Tod meiner Mutter das Haus hier leer stand, kamen wir auf die Idee, dass ihr Sohn in Deutschland auf andere Gedanken und nicht mehr so leicht an Drogen kommen könnte ... Tja, da haben wir wohl falsch gedacht.« Fred lehnte sich entspannt zurück. »Ach, wie ich das vermisse! Hier ist alles so sauber und gut organisiert. Und alle sind nett und hilfsbereit ... gestern war ich bei der Polizei. Die haben mich auf der Nummer, die ich dem Rodi für Notfälle gegeben hatte, angerufen. Und stellt euch mal vor, wo die Polizei die Nummer gefunden hat: in einem Koffer voller Drogen! Unglaublich! Der muss hier gedealt haben. Seine Eltern, die Ärmsten! Die tun mir richtig leid. Ich bringe ihnen ihren Sohn zurück. Ist zwar teuer, ihn heimzuführen, aber alles kein Problem. Hatte ich mir komplizierter vorgestellt.«

»Was wird denn jetzt mit dem Haus?«, wollte Frieda wissen. Pragmatisch wie immer.

»Das will ich verkaufen. Da hat eine Maklerin angerufen – übrigens auch auf der Nummer, die ich dem Rodi gegeben hatte. Nur ein paar Tage bevor du angerufen hast, Lena. Die war ziemlich penetrant. Aber egal, die muss hier irgendwo wohnen. Die soll schauen, wie sie die Hütte loskriegt.«

Fred erschien mir so unbekümmert, lachte so verschmitzt – wahrscheinlich fühlte ich mich wegen genau dieses Lächelns in frühere Zeiten versetzt, und ich spürte die alte Vertrautheit zwischen Fred und mir.

»Weißt du eigentlich, Fred, was du mir für einen riesigen Schreck am Telefon eingejagt hast?«, fragte ich. Frieda bestätigte mich sofort: »Ja, Fred, mir warst du auch unheimlich, als du hier bei mir gesessen hast. Wir dachten, du bist der Drogendealer.«

Fred blickte mit offenem Mund von mir zu Frieda, dann lachte er sein Bubenlachen. »Ach, du liebe Zeit!« Er schüttelte den Kopf. »Da muss ich mich wohl in aller Form für mein Benehmen entschuldigen! Erst diese aufdringliche Maklerin, dann die Todesnachricht von Rodiquez, der Stress mit meinem Job, der Flug und dann der Zustand des Hauses … das war zu viel für mich. Eins mache ich ganz sicher nicht: Drogengeschäfte. Die sind gefährlich und kriminell und wären mein sicherer Tod in Mexiko.«

## 41

Peter Bruchfeld erschien, so als wäre nichts geschehen, pünktlich zum Dienstbeginn, obwohl er nicht für die Tagschicht eingetragen war. Bei der morgendlichen Übergabe war wie gewohnt auch sein Chef Josef Geppert dabei. Dieser hatte natürlich schon gehört, dass sein Mitarbeiter wieder ein freier Mann war, beschloss aber, mit keiner Silbe den Vorfall zu erwähnen.

Da in der Nacht nichts weiter passiert war als eine kleine Messerstecherei und ein versuchter Einbruch, kam Peter Bruchfeld polternd zur Sache: »Bärbel ist verschwunden. Ich habe sie die halbe Nacht versucht anzurufen, bin gestern und auch heute Morgen bei ihr vorbeigefahren. Sie ist nicht zu Hause, und sie meldet sich nicht. Wo wurde sie zuletzt gesehen? Was hatte sie vor? An welchem Fall hat sie gearbeitet, außer« – er warf Josef Geppert einen vernichtenden Blick zu – »an meinem?«

Josef Geppert räusperte sich kurz; sachlich und ruhig erklärte er, er wäre wohl der Letzte gewesen, der Frau König sehr aufgewühlt nach dem Gespräch mit Herrn Bruchfeld – nun warf er Peter einen vorwurfsvollen Blick zu – auf dem Flur begegnet sei.

Peter Bruchfeld blickte zu seinen Kollegen. »Wir müssen sofort eine Großfahndung rausgeben. Steffen, kannst du dich darum kümmern?«, und zu Katrin: »Kommst du mit mir? Wir müssen alle Möglichkeiten durchspielen. Wo könnte sie sein?«

Josef Geppert lief vor Zorn rot an. Er war der Chef, er gab die Befehle, er plante die Einsätze. Als er jedoch sah, wie eifrig die Kollegen Peter Bruchfeld voller Sorge um Bärbel folgten, hielt er sich zurück. Sogar die Aushilfskollegin aus Offenbach blieb trotz ihrer vorangegangenen Nachtschicht und bot ihre Hilfe an.

Peter und Katrin eilten zum Parkplatz. »Was glaubst du, Katrin?«

»Nun, mein erster Gedanke war ja, dass sich Bärbel zurückzieht, um den Vorfall mit dir zu verdauen. Ich hatte gedacht, sie erscheint verspätet zum Dienst oder meldet sich. Mein erster Impuls war es, zuerst mit der Frau zu sprechen, die dich angezeigt hat. Vielleicht wollte Bärbel genau das auch tun?«

Peter zuckte kurz zusammen, als er an Jasmin dachte. »Kann sein, aber dann?«

»Sie muss diese Frau überzeugt haben, die Anzeige gegen dich zurückzuziehen. Sonst wärst du vielleicht nicht hier.«

»Also fahren wir zu dieser Frau. In die Höhle des Löwen ...«

Katrin blieb stehen. »Nicht gut, Peter«, zischte sie, und auch Peter wusste sofort, dass er von Amts wegen nicht zu der Dame fahren durfte. Im Inneren verspürte Peter ein mächtiges Grollen. Er hatte große Lust, sich nicht an

Dienstanweisungen zu halten. Aber er wusste auch, wie unbeherrscht er sein konnte. Und im Umgang mit Jasmin konnte er für nichts garantieren.

Sie machten kehrt, und Katrin wartete ungeduldig, bis Steffen die Fahndung nach Bärbel in den Computer getippt hatte. Nun würde alles seinen Gang gehen. Peter setzte sich ans Telefon und fing an, die Verwandten von Bärbel, von denen er wusste, anzurufen.

Es war die Routine der Arbeitsabläufe, die ihn ruhig werden ließ.

## 42

Im Bunker brannte Tag und Nacht eine Funzel, die den Raum in spärliches, diffuses Licht tauchte. Bärbel lief zum hundertsten Mal umher und roch an allen Glaskolben und Flaschen mit Flüssigkeit. Das hatte sie schon gestern getan. Sie wusste, es gab kein Wasser. Der Durst quälte sie. Ihr Magen knurrte.

Sie hatte alle Wände abgetastet, versucht, die Tür von innen zu öffnen, hatte gesucht, woher die Luftzufuhr in diesen Raum kam und ob die Möglichkeit bestehen würde, Kontakt nach außen herzustellen. Ihr kamen Gedanken von alternativen Heilmethoden, die mal sehr modern waren: Bevor die Eigenblutbehandlung hip wurde, war es das Trinken vom eigenen Urin, der gesund machen sollte. Bärbel schüttelte sich vor Ekel, wusste aber auch, dass ihr, wenn sie kein Wasser bekam, nichts anderes übrigbleiben würde. Sie ließ sich seufzend an der Wand in die Hocke nieder und verharrte so.

## 43

Gespannt hörte ich Freds Bericht aus Mexiko zu. Das war alles so aufregend! Seine Geschäftsidee, Touristen an besonders abgelegene Tauchplätze zu fahren, hatte er schon in seinem Austauschjahr gehabt. Wie er Kontakt zu Tauchschulen aufnahm und mit wenig Geld seinen Plan realisierte, fand ich bewundernswert. Träumten nicht so viele Menschen vom Auswandern und Geldverdienen im Ausland? Fred hatte es geschafft. Jetzt hatte er eine Flotte von fünf Pick-ups und Fahrern. Er selbst führte zudem eine eigene Tauchschule mit drei Tauchlehrern, die an ein großes Luxushotel angeschlossen war.

Ich sah auf die Uhr. Schon seit einer Stunde hatte ich in der Agentur sitzen wollen, aber Fred konnte so mitreißend erzählen. Ich lauschte seiner angenehmen Stimme und verdrängte meine Arbeit. Dann würde ich heute Nachmittag einfach schneller arbeiten müssen.

Auch Frieda hörte gebannt zu, aber ich kannte sie gut genug, um zu wissen, dass in ihrem Kopf die Frage nach dem Vater von Fred herumspukte.

»Fred«, setzte sie in einer Pause an, »als deine Mutter – Gott habe sie selig – gestorben ist, war ich nicht hier. Zur Beerdigung leider auch nicht. Ich war seinerzeit in Oberfranken, meine letzten Verwandten besuchen. Wir haben uns deshalb leider nicht gesehen. Dann habe ich nur bemerkt, dass dein Elternhaus verwahrlost, aber mich nicht weiter gekümmert. Irgendjemand erzählte mir, es sei vermietet.«

Fred hatte Frieda aufmerksam zugehört und nickte. »Ich war zur Beerdigung hier. Wegen der Geschäfte musste ich gleich wieder zurück nach Mexiko. Wir hatten gerade Hauptsaison. Als mich die Eltern von Rodiquez fragten, ob er nach Deutschland kommen und in diesem Haus wohnen kann, hatte ich nichts dagegen. Ich gab ihm den Schlüssel und einen Mietvertrag, damit er belegen konnte, dass alles offiziell ist. Ich wusste ja nicht, wie die Nachbarn reagieren, wenn plötzlich ein Fremder, der kein Wort Deutsch spricht, im Haus lebt. Rodiquez sollte einen Deutschkurs hier machen. Ich habe ihm noch die Adresse vom Goethe-Institut in Frankfurt rausgesucht.«

Frieda sprach ruhig und sanft weiter: »Der Jahn von gegenüber ist vor drei Wochen gestorben. Wir waren auf seiner Beerdigung. Wusstest du davon?«

Freds Gesicht versteinerte sich. Er sah schweigend aus dem Fenster. Ganz langsam drehte er den Kopf wieder zu Frieda. »Das interessiert mich nicht.«

Frieda nickte. »Dann stimmt es also, er war dein Vater?«

»Ein Scheißdreck war der«, gab Fred ganz ruhig zurück.

»Er hat aber für dich gesorgt.«

»Gesorgt? Er hat meiner Mutter Geld gegeben. Zum Leben zu wenig, zum Sterben zu viel. Erinnere dich: Meinen Schüleraustausch in der Elften habe ich selbst finanziert. Ich habe jede freie Minute gearbeitet. Zeitungen ausgetragen, bei den Nachbarn die Straße gefegt, Rasen gemäht. Bei dem so großzügigen Jahn auch. Jeden Cent habe ich gespart. Wir durften als Kinder im Pool planschen. Lena – weißt du noch? Und, hat er mich anders behandelt als euch?«

Er sah mich an, und ich konnte nur schweigend den Kopf schütteln. Ich hatte einen Kloß im Hals. Es war so traurig. So unvorstellbar. Der Vater wohnt in derselben Straße, kümmert sich nicht um sein Kind, behandelt es wie alle anderen Nachbarn auch.

»Wann hast du erfahren, dass der Jahn dein Vater ist?«

»Mutter hat einen Brief hinterlassen ... und den Grundbuchauszug. Das Haus gehörte dem Jahn, sie schrieb mir, ich sollte einfordern, dass er es mir überschreibt. Das wäre mein Recht und Erbe. Sie hatte keine Kraft dazu gehabt. Es war für sie eine große Demütigung – aber sie ist auch nicht von hier weg.« Und plötzlich wurde Fred laut, vorwurfsvoll gellte sein Ruf in der Luft: »Sie ist nicht von hier weg!«

Nach einer Weile betretenen Schweigens sagte Frieda leise: »Sie wollte sicher nur dein Bestes. Sie wollte, dass du in der Nähe deines Vaters bist, und hat wohl jeden Tag gehofft, dass er sich zu dir bekennt. Das hat sie mürbe gemacht, daran ist sie zerbrochen.«

»Sie hätte ein gutes Leben haben können – sie hätte es nur selbst in die Hand nehmen müssen. Ich verachte sie dafür.« Freds Stimme klang bitter.

»Und das Haus – hast du es eingefordert?«, hakte Frieda vorsichtig nach.

»Ja, das hab ich. Und diese Hexe von Jahn hat darum gekämpft, dass ich es nicht bekomme. Es würde mir nicht zustehen. Ich sei ein Balg. Stellt euch das vor! Im einundzwanzigsten Jahrhundert nennt mich diese Hexe Balg. Der Jahn hat es mir überschrieben, gegen ihren Willen. Ich habe die Angelegenheit einem Anwalt übergeben, denn sie hat mir damals schon gedroht, dass sie alles unternehmen würde, damit sie das Haus zurückbekommt.«

»Warum hast du es damals nicht gleich verkauft?«, fragte ich.

»Lena, ich war am Ende. Ich wollte so schnell wie möglich zurück nach Mexiko. Ich hätte mich nach dem ganzen Theater nicht auch noch um den Hausverkauf kümmern können. Außerdem sollte die Jahn jeden Tag daran erinnert werden. Aber jetzt hab ich abgeschlossen mit dem Thema. Ich habe kein Interesse mehr an diesem Haus.«

»Fred, also, ich kenne mich im Erbrecht nicht gut aus, aber ich glaube, dir steht nach dem Tod vom Jahn was zu ...«, warf ich vorsichtig ein.

Fred sah mich lange an, bevor er antwortete: »Ich will nichts. Die Jahn soll an ihrer Habgier ersticken. Ich habe ein gutes Leben in Mexiko. Es reicht mir zum Leben. Was will ich mehr?«

Ich nickte und drückte ihm beide Hände zum Abschied. »Fred, ich muss leider gehen, hab noch zu arbeiten. Hat mich sehr gefreut, dich wiederzusehen. Wenn ich mal richtig viel Geld verdiene, komme ich dich in Mexiko besuchen und – ich bin froh, dass du kein Drogenbaron bist.«

## 44

Die schwere Tür des Bunkers wurde lautlos einen kleinen Spalt aufgeschoben. Bärbel hatte sich hinter die Tür gestellt. Ihr Plan war es, die langhaarige Blonde mit einem gezielten Schlag in den Nacken niederzustrecken. Auch wenn die Luft hier unten unerträglich war und sie das Gefühl hatte, innerlich schon ganz ausgedorrt zu sein – ihre Angst, hier unten jämmerlich verdursten zu müssen, setzte ungeahnte Kräfte frei. Ganz still mit festem Halt und ausgestreckten Händen, die sie zusammengeballt hatte, stand sie bereit. Lautlos schloss sich die Tür wieder.

Bärbel ließ entmutigt die Arme sinken. Eine kleine Plastikflasche mit Wasser war reingeschoben worden. Bärbel stürzte sich auf die Flasche. Sie war so durstig! Instinktiv sah sie sich den Schraubverschluss an. Er war bereits geöffnet worden. Die Maklerin hatte sich große Mühe gegeben, die Flasche wieder fest zuzuschrauben.

Bärbel warf die Flasche mit einem Schrei gegen die Wand. »Nicht mit mir, du elendes Biest. Nicht mit mir!«

## 45

Katrin war mit Steffen in der Hohen Tanne angekommen. Sie hatten keinen Blick für die schönen Häuser mit den gepflegten Gärten und den dicken Autos. Sie bremsten vor dem Haus von Jasmin und Andreas, von dem sie nicht wussten, dass er ein guter Freund von ihrem Kollegen Peter war. Auf ihr Klingeln gab es keine Reaktion. Sie blickten sich um und stellten fest, dass es ruhig in der Hohen Tanne war. Sehr ruhig. An dem einen Ende der Straße sahen sie eine Frau mit einem großen und am anderen Ende eine Frau mit einem kleinen Hund.

»Ob es sich lohnt, diese Leute zu fragen?«, fragte Steffen zweifelnd.

Katrin schüttelte den Kopf. »Lass uns fahren, wir schauen noch mal bei Bärbel zu Hause vorbei und befragen lieber ihre Nachbarn.«

Auf dem Weg zu Bärbels Wohnung wurden sie über Funk in Kenntnis gesetzt, dass das Auto von Bärbel an einem See Richtung Dörnigheim gefunden worden war.

Katrin hatte keine Idee, wie sie dahinkommen sollten. Steffen zückte sein Smartphone und lotste Katrin nach wenigen Minuten über die Bahnschranke beim Wilhelmsbader Bahnhof. Vor dem Herbert-Dröse-Stadion bogen sie rechts in den Wald ab und rasten mit Blaulicht zu den beiden Anglerseen.

Ein Streifenwagen aus Maintal stand bereits vor Ort, und die Beamten schauten etwas ungläubig auf die Hanauer Kollegen.

»Ihr wisst schon, dass dies Dörnigheimer Gemarkung ist, also unser Revier?«, blaffte der jüngere Polizist.

Katrin und der deutlich ältere Streifenpolizist aus Maintal grinsten sich an. Sie kannten sich von früher, deshalb konnte sich Katrin jede weitere Erklärung sparen.

»Es geht um unsere Kollegin Bärbel König.«

»Mhm, weiß schon, Fahndung erhalten«, brummte der ältere Streifenpolizist undeutlich. »Auto ist offen, liegt ein Abschiedsbrief drin. Selbstmord. Habe schon Taucher verständigt. Sind gleich da.«

Katrin wurde schwarz vor Augen. Sie taumelte und musste sich bei Steffen abstützen, ihr wurde speiübel. Ihr war schon lange klar gewesen, dass Bärbel mehr für Peter Bruchfeld empfand. Aber dass bei Bärbel die Gefühle so tief gingen, dass sie sich umbrachte, weil gegen Peter ein Vergewaltigungsvorwurf vorlag – damit hatte sie nicht gerechnet.

Steffen holte den Abschiedsbrief aus dem Auto und las ihn laut vor: »Bitte vergebt mir. Ich halte meine Arbeit nicht mehr aus. Bärbel.«

Er sah Katrin an, die leichenblass am Auto lehnte, und schüttelte den Kopf. »Das hört sich nicht nach Bärbel an. Ich weiß, ich bin neu, ich kenne sie noch nicht so gut, aber das ist nicht Bärbel.« Er reichte Katrin den Brief.

Katrin wischte sich die Tränen aus den Augen und atmete tief ein. »Stimmt. Der ist nicht von Bärbel. Die hat eine Sauklaue und das definitiv nicht geschrieben.« Sie reichte den Brief an den jungen Polizisten und erklärte bissig: »Ihr Revier. Lassen Sie das auf Fingerabdrücke untersuchen.« Dann wählte sie die Handynummer von Peter Bruchfeld und unterrichtete ihn kurz über den gefälschten Brief. »Wir müssen trotzdem mit dem Schlimmsten rechnen. Wir warten hier ab, ob die Taucher was finden.«

# 46

Frieda spülte das Kaffeegeschirr und richtete ihr Wohnzimmer wieder her. Nachdenklich schüttelte sie den Kopf. Es war also wahr, der alte Jahn, der immer so freundlich und leutselig gewesen war, war der unbekannte Vater von Fred. Und die Jahn, die so zurückgezogen lebte, ein habgieriges, missgünstiges Weib. Aber sollte sie wirklich ihren Mann umgebracht haben? Frieda schüttelte den Kopf und sagte zum Dackel, der unter dem Tisch saß: »Das habe ich mir eingeredet. Weil ich die Jahn nie leiden konnte. Aber jetzt weiß ich auch, warum ich sie nicht leiden kann.«

Zufrieden polierte sie das feine Wurzelholz ihres Wohnzimmertisches und freute sich, dass Fred kein Drogenbaron war. Er hatte ihr seine Adresse in Mexiko dagelassen und sehr charmant versucht, sie zu einer Reise in dieses Land zu überreden. »Wenn du nicht mehr bist, dann mach ich das vielleicht noch«, sagte sie zu Amsel, als ihr die Polizistin wieder in den Sinn kam.

Sie zog ihre festen Halbschuhe an und pfiff nach Amsel, die sogleich angetrottet kam. Das Auto der jungen Polizistin war weg, trotzdem hatte Frieda ein mulmiges Gefühl.

»Auch auf die Gefahr hin, dass mich alle für verrückt erklären, ich rufe jetzt die Polizei an. Wenn alles in Ordnung ist, bin ich beruhigt. Wenn nichts in Ordnung ist, bin ich auch beruhigt, weil ich Bescheid gesagt habe. So einfach ist das.«

Wieder zu Hause, holte Frieda ein altes Telefonbuch aus ihrem kleinen Dielenschrank. Die Polizeistation in Hanau stand nicht drin. Sie schüttelte den Kopf. Notfall liegt doch keiner vor, oder? Sollte sie trotzdem die 110 wählen? Sie fand eine Nummer, die wohl zu einem anderen Revier gehörte. Ein sehr netter Beamter erklärte ihr geduldig die verschiedenen Zuständigkeiten der Dienststellen und gab ihr eine Nummer für die Hanauer Polizei.

Ihre Worte hatte sich Frieda sorgfältig zurechtgelegt: »Ich wohne in der Hohen Tanne, ich möchte mit dem Beamten sprechen, der hier eine Befragung durchgeführt hat. Er heißt Peter mit Vornamen, der Nachname ist mir entfallen.«

Sie musste lange warten, bis endlich eine Verbindung hergestellt war. Zuerst fragte sie Peter Bruchfeld nach der netten Kollegin, die mit ihm in der Hohen Tanne unterwegs gewesen war. Er antwortete impulsiv, dass eben diese Kollegin im Moment gesucht würde. Er biss sich auf die Lippe. Warum sagte er das einer offensichtlich alten Frau? Er hatte sich aber sehr schnell wieder gefangen und hakte hastig nach: »Wieso fragen Sie nach Frau König. Wissen Sie was?«

»Kann sein, dass ich mich irre. Ich habe gesehen, wie sie gestern in das Haus im Speierlingweg Nummer vier rein ist und, wie es aussah, nicht legal« – weiter kam Frieda nicht, denn Peter Bruchfeld unterbrach sie eilig: »Ich bin sofort bei Ihnen.«

Peter Bruchfeld rannte los und rief im Laufen Katrin und in der Zentrale an. Innerhalb von wenigen Minuten standen drei Streifenwagen vor dem Haus, und jedem war klar, dass nicht auf einen offiziellen Hausdurchsuchungsbescheid durch den Staatsanwalt gewartet werden konnte.

Er schoss das Türschloss einfach auf, und alle stürmten ins Haus. Schnell verteilten sie sich in den Stockwerken.

In diesem Moment lenkte Andreas seine Limousine in die Einfahrt.

»Was ist denn hier los?«, brüllte er, als er ausgestiegen war, und rannte entsetzt ins Haus.

Peter kannte den Eingang zum Keller, oft genug hatte er Bier hochgeholt. Er schob Andreas zur Seite und sprang mit wenigen Schritten die Treppe hinunter. Er wusste auch von dem Bunker – warum war ihm das nicht früher eingefallen? Peter schob dieses alberne Holzregal zur Seite und öffnete das Drehkreuz. Bärbel kam langsam aus der Hocke hoch und fiel Peter um den Hals. »Durst«, hauchte sie, dann fiel sie in eine kurze Ohnmacht, weil sie zu schnell aufgestanden war.

## 47

Wenige Minuten später waren die Spurensicherung und der Notarzt da. Bärbel bekam eine Infusion, gegen die sie sich erfolglos wehrte.

Andreas saß im Wohnzimmer. »Peter, davon wusste ich nichts«, beteuerte er immer wieder, nachdem man ihn zu dem Drogenlabor im Keller befragt hatte.

»Jasmin war früher Chemielaborantin bei einem großen Pharma-Unternehmen. Ich wusste, dass sie da unten ein Labor aufgebaut hat. Ich habe ihr ja selbst geholfen, die ganzen Sachen reinzutragen. Sie wollte Antifalten-Tinkturen herstellen und damit Geld verdienen, aber das Maklergeschäft lief so prächtig, da kümmerte sie sich nicht mehr um ihre Tinkturen im Bunker. Sie hat sogar ein Regal vor die Tür gestellt. Sie benutzte den Bunker doch überhaupt nicht mehr!«

Peter legte tröstend die Hand auf die Schulter seines Freundes. Zu den Beamten, die schon bereitstanden, Andreas festzunehmen, sagte er: »Für diesen Mann verbürge ich mich. Er wusste von all dem wirklich nichts. Ich kenne ihn sehr gut.«

Katrin hatte schnell erfasst, dass Peter Bruchfeld vertraut mit dem Bewohner und dem Haus war. Sie wollte nicht so schnell daran glauben, dass dieser gutaussehende Mann völlig ahnungslos war.

»War Ihre Frau süchtig? Wozu hat sie denn diese Drogen produziert? Irgendwas müssen Sie doch gemerkt haben!«

Andreas schüttelte den Kopf und sah hilfesuchend zu Peter.

Unbemerkt hatte Tante Frieda das Haus betreten und eine Weile zugehört. »Wie wirken diese Drogen?«, fragte sie in eine Sprechpause hinein.

Alle drehten sich staunend zu der kleinen Frau um.

»Wer sind Sie, bitte?«, fragte Katrin mit hochgezogenen Augenbrauen.

Frieda sah Peter Bruchfeld an und sagte mit sehr fester Stimme: »Ich habe Sie angerufen.«

Peter sprang auf und schüttelte Frieda überschwänglich die Hand. »Sie haben meiner Kollegin vielleicht das Leben gerettet. Danke, dass Sie mich angerufen haben.«

»Wie wirken diese Drogen?«, wiederholte Frieda völlig unbeeindruckt.

»Amphetamine?« Katrin schnalzte mit der Zunge. »Nun, da erhalten Sie eine unglaubliche Energie, Glücksgefühle, unbändigen Drang, etwas zu tun. Sie werden aktiv, aber auch unruhig.«

»Und was ist«, fragte Tante Frieda weiter, »wenn man zu viel von dem Zeug nimmt?«

Katrin zuckte mit den Schultern. »Herztod – glaube ich, oder der Kreislauf bricht zusammen, Organversagen – was weiß ich. Ist nicht mein Spezialgebiet.«

Frieda erklärte mit tiefer Stimme, sich dessen bewusst, dass ihr jeder Anwesende zuhören würde: »In letzter Zeit gab es hier in der Hohen Tanne viele Herztote.«

Bärbel, die mittlerweile vor einem großen Wasserglas immer noch am Tropf saß, sagte tonlos: »Der Mexikaner.«

»Nicht nur der«, erwiderte Frieda.

# 48

Schnell kamen Katrin und Steffen zu dem Ergebnis, dass zu allen Häusern, in denen die Besitzer in den vergangenen Wochen an Herzversagen gestorben waren, ein ausführliches Exposé im Arbeitszimmer von Jasmin lag. Die Häuser von Erwin Jahn, Michael Meyer, Bodo Schulz und auch das Haus, in dem Rodiquez Aviles gelebt hatte, waren beschrieben und bebildert.

Bei der Dienstbesprechung am nächsten Morgen waren alle anwesend. Auch Bärbel, die sich von ihrem Aufenthalt im Bunker erholt hatte, Josef Geppert und der Staatsanwalt. Peter Bruchfeld vermied es, seinen Chef anzusehen. Er war sich noch unschlüssig, ob er Geppert seine Meinung vor versammelter Mannschaft oder alleine sagen sollte.

Geppert mimte den autoritären Chef. Vor dem Staatsanwalt wollte er sich keine Blöße geben. Im barschen Ton befahl er Steffen, alle Todesfälle in der Hohen Tanne, seitdem Jasmin Elvers dort ihren Lebensunterhalt als Maklerin verdiente, zu überprüfen. Katrin sollte mit den Witwen sprechen, um eine Einverständniserklärung für eine Exhumierung zu erlangen, und alles Weitere veranlassen.

Jasmin war noch nicht gefasst. Der Staatsanwalt wollte die gesamten Maßnahmen erläutert bekommen, um schnellstmöglich einen Erfolg bei der Pressekonferenz vermelden zu können.

Peter Bruchfeld führte das Wort. Zuerst zählte er ruhig auf, dass der Flughafen, der Hanauer und Frankfurter Hauptbahnhof sowie Haupt- und Zugangsstraßen zu den Autobahnen überprüft würden. Sowohl die Kollegen in Frankfurt als auch in Maintal und Offenbach waren unterrichtet.

Nach einer kurzen Pause sah er Geppert an und sagte eisig: »Es ist sehr bedauerlich, dass es erst durch Ihre völlige Fehleinschätzung zur Flucht von Jasmin Elvers kommen konnte.«

Der Staatsanwalt blickte von den Akten auf. Natürlich war die Anzeige gegen Bruchfeld auf seinem Tisch gelandet. Er war verpflichtet, bei Vergewaltigung Ermittlungen durchzuführen, unabhängig davon, ob die Anzeige zurückgezogen wurde oder nicht. Was niemand im Raum wusste: Der Staatsanwalt hatte sich mit Katrin angefreundet. Nichts Festes, eine lockere Beziehung. Von ihr hatte er detailliert gehört, was passiert war. Er lehnte sich bequem zurück und schlug lässig die Beine übereinander. Zuerst wartete er einige Zeit auf Gepperts Reaktion, dann sagte er in das angespannte Schweigen: »Nun, Herr Geppert, es ist doch in der Tat sehr ungewöhnlich, einen verdienten Mitarbeiter und geschätzten Kollegen in Handschellen abführen zu lassen, wegen einer völlig unhaltbaren Beschuldigung.«

Damit hatte Josef Geppert nicht gerechnet. »Ich lasse

mir von niemandem vorwerfen, ich würde Kollegen eine Sonderbehandlung zukommen lassen.«

»Ach, interessant.« Der Staatsanwalt beugte sich leicht vor. »Das heißt, Sie lassen jeden in Handschellen abführen, ohne zu wissen, ob er schuldig ist?«

Geppert kniff die Lippen zusammen. »Vergewaltiger ja.«

»Bekommen die Beschuldigten die Gelegenheit, einen Anwalt zu kontaktieren?«

Geppert beeilte sich mit der Antwort. »Selbstverständlich.«

»Aha«, erwiderte der Staatsanwalt, »aber bei Bruchfeld haben Sie eine Ausnahme gemacht?«

Geppert schwieg. Der Staatsanwalt weiter: »Darüber wird noch zu reden sein.«

Der Staatsanwalt sah Katrin an und bat, sofort unterrichtet zu werden, wenn erste Ergebnisse vorlagen. Zu Bärbel gewandt sagte er: »Bei aller Bewunderung für Ihr Engagement, ich möchte Sie bitten, zuerst zu Dr. Ganter zu gehen und sich danach freizunehmen.« Damit verabschiedete er sich.

# 49

Als ich am Abend zu Tante Frieda kam, hatte sie bereits den Tisch gedeckt. Es gab gefüllte Eier und Kartoffelsalat. Mein Leibgericht. Also eins von ungefähr 375 Leibgerichten. Tante Frieda war aufgekratzt und holte eine Flasche Sekt aus dem Kühlschrank. Haarklein berichtete sie mir, was in der Zwischenzeit passiert war. Natürlich ließ sie es sich nicht nehmen, mir unter die Nase zu reiben, dass die arme Polizistin meinetwegen fast zwei Tage lang in einem Bunker hatte ausharren müssen. »Hättest du nur auf mich gehört!«

Ich gab kleinlaut zu, dass ich die Geschichte für völlig abwegig gehalten hatte.

»Auch der Tod von Erwin Jahn wird überprüft werden!«, erklärte Frieda. Ganz stolz reckte sich die kleine Frau und drückte mir ein Glas in die Hand. »Darauf trinken wir«, fügte sie munter hinzu.

Ich seufzte. »Ja, darauf, aber nicht auf meinen Job.« Heute hatte ich erfahren, dass die Firma, für die wir den Autozubehör-Katalog gemacht hatten, Insolvenz angemeldet hatte. Die ganzen Fotos also umsonst bearbeitet. Die vielen Stunden vorm Computer – ich würde nie Geld dafür sehen, denn die Firma war zahlungsunfähig.

Frieda schüttelte energisch den Kopf. »Nicht die Firma hat dich beauftragt, sondern die Agentur. Die müssen zahlen!«

Resigniert schüttete ich den Sekt in mich hinein. Plötzlich dämmerte es mir, dass Andreas wieder frei war, jetzt, wo die aufgedonnerte Blonde weg war! Meine Laune hellte sich sofort auf. Ich schenkte mir noch ein Glas ein und sprach einen Toast auf meine Meisterdetektiv-Tante mit dem richtigen Riecher.

## 50

Der Staatsanwalt hatte zu einer Sonderbesprechung geladen. Normalerweise lud Geppert ein. Dass er übergangen worden war, ärgerte ihn, aber er ließ sich nichts anmerken. Auch dass Katrin direkt an den Staatsanwalt berichtete, versuchte er zu ignorieren.

Der Staatsanwalt übernahm sogleich das Wort. »Ungeheuerlich, aber keine der Witwen hat einer Exhumierung zugestimmt.«

»Obwohl sie von unserem Verdacht auf Mord wissen?« Ungläubig schüttelte Steffen den Kopf.

»Oder gerade deswegen«, brummte Peter Bruchfeld ernst.

»Das vermute ich auch«, pflichtete der Staatsanwalt bei. »Ich würde mir wünschen, Jasmin Elvers würde gefasst werden und wäre geständig, dann könnte ich mir viel Arbeit ersparen. Ich muss den Oberstaatsanwalt unterrichten und einen Richter finden, der die Exhumierung anordnet – das dauert erfahrungsgemäß.«

Plötzlich wurde die Tür aufgerissen. »Wir haben sie!«

Alle sprangen auf und liefen eilig die Treppe hinunter zur Zelle. Da saß sie. Aufgedonnert wie immer, die Augen mit einem Lidstrich dramatisch umrandet, knappes knallrotes Kleid und Highheels. Die langen blonden Haare lässig zu einem lockeren Zopf gebunden.

»Für die Vernehmung rufen Sie bitte Frau König an. Sie soll sofort kommen«, forderte der Staatsanwalt Bruchfeld auf.

»Bärbel? Aber ich denke, sie ist freigestellt?«

»Das ist sie auch, aber Dr. Ganter hat klargemacht, dass es für Bärbel enorm wichtig ist, die Vernehmung durchzuführen. Damit die Verhältnisse wieder richtiggestellt werden. Sie muss Frau Elvers gegenüber wieder die starke Kommissarin sein. Nicht das Opfer.«

Peter Bruchfeld nickte anerkennend. Das hätte er dem kleinen Psychofritzen gar nicht zugetraut.

Während Bärbel und Katrin die Vernehmung durchführten, saßen alle am Monitor und lauschten.

Jasmin versuchte erst gar nicht, etwas abzustreiten. Ja, sie hatte ihre Kenntnisse dazu genutzt, Drogen selbst herzustellen. Bei keinem ihrer Opfer war Verdacht geschöpft worden.

»Warum nur die Männer?«, fragte Bärbel König interessiert nach.

Jasmin lachte spöttisch auf. »Sie sind nicht verheiratet, oder?«

»Was tut das zur Sache?«

Wieder lachte Jasmin auf und bedachte Bärbel mit einem mitleidigen Blick. »Ich habe den Frauen nur einen Gefallen getan.«

Katrin und Bärbel warfen sich einen Blick zu. »Die Frauen haben Sie beauftragt?«

Jasmin schüttelte den Kopf. »Nicht direkt. Ich habe mir ihr Unglück angehört und dann geholfen.«

»Mit dem Wissen der Frauen?« Katrin sah Jasmin fest in die Augen.

Jasmin hielt dem Blick stand. »Ob die Ladys etwas ahnten, kann ich beim besten Willen nicht sagen. Direkt haben wir nie über einen möglichen Tod gesprochen.«

»Gut, bleiben wir konkret. Sagen Sie uns, wie Rodiquez Aviles zu Tode kam und warum«, forderte Bärbel sie auf.

»Ach, der ... nur ein Nebenschauplatz. Frau Jahn wollte aus irgendwelchen Gründen das Haus. Der Mexikaner dealte, und ich gab ihm meine Medizin gelöst in einem Apfelwein. Frau Jahn hoffte, wenn der Mieter erst weg ist, bekommt sie das Haus. Das war ihr irgendwie wichtig.«

»Sie haben uns angerufen und den Toten gemeldet?«

»Nein, das war die Jahn. Der Mexikaner hatte mir gesagt, er wolle den Wein sofort trinken – warum er das erst ein paar Tage später gemacht hat? Keine Ahnung.«

»Also war das ein Auftragsmord von Frau Jahn?«

»Nicht direkt.«

»Moment mal. Der Ehemann der Jahn ist vor dem Mexikaner gestorben. Der Notarzt hatte uns verständigt, aber dann doch einen Totenschein mit natürlicher Ursache ausgestellt. Ich glaube, das haben die beiden nicht mehr vor Augen. Kann ich rein?«, fragte Peter Bruchfeld draußen vor dem Vernehmungsraum.

Als der Staatsanwalt nicht sofort reagierte, legte Peter nach: »Ich bin auch Opfer dieser Frau, auch bei mir müssen die Verhältnisse wieder richtiggestellt werden.«

Der Staatsanwalt schüttelte den Kopf. »Ich habe andere Aufgaben für Sie und Ihren jungen Kollegen.«

Josef Geppert nahm mit heraustretenden Adern auf der Stirn zur Kenntnis, dass ihn der Staatsanwalt schon wieder überging, konzentrierte sich dann aber weiter auf die Vernehmung.

»Warum mussten die anderen Männer sterben? Was genau meinen Sie mit Ihrer Hilfe?«, wollte Bärbel gerade von Jasmin wissen.

Die lachte wieder spöttisch auf und beugte sich zu Bärbel vor. »Kann ich dir verraten, Kindchen. Alte Männer sind widerlich. Sie stinken, sie schmatzen. Ihnen wachsen Haare aus der Nase und den Ohren. Sie kauen wie Kamele, verschlucken sich ständig, weil sie gierig schlingen, dauernd stoßen sie auf, husten, rotzen rum und wissen immer alles besser. Ekelhaft. Schau dir doch die Frauen an: immer gepflegt. Aber die Typen?« Jasmin schauderte und verzog angewidert das Gesicht.

Bärbel musste an ihren Opa denken. Auch er kaute wie ein Kamel. Wie ein liebenswertes Kamel. Sie hatte sich nie vor ihm geekelt.

»Michael Meyer war gerade mal über dreißig. Warum musste der sterben?«

»Der trank. Der hat sich jeden Abend mit Gin Tonic vom Planeten geschossen. Seine Frau bereute es zutiefst, dass sie ihn geheiratet hatte.«

»Und wie gingen Sie vor?«

Jasmin lehnte sich zurück. »Zunächst musste ich absolut sicher sein, dass die Frauen einen Plan hatten und wirklich von ihren Männern wegwollten. Die meisten schimpfen nur über ihre Alten, aber könnten doch nie ohne ihren Mann. Oder sie würden einfach im Haus wohnen bleiben. Dann wäre meine Hilfe sinnlos. Wenn ich mir sicher war, habe ich gefragt, ob ich im Ernstfall das Haus verkaufen kann. Erst dann bin ich tätig geworden und habe die armen Frauen erlöst.«

Katrin und Bärbel verschlug es für einen Moment über so viel Selbstgefälligkeit die Sprache.

Später dann ging das ganze Team zusammen eine Pizza essen.

»Die sieht sich als Racheengel«, sagte Bärbel.

»... der Frauen«, ergänzte Katrin.

»Die hat sie doch nicht alle«, meinte Peter trocken.

»Das ist nur das Bild, das sie von sich preisgibt«, warf Steffen ein. »Ich habe ihre Konten überprüft. Nicht schlecht, was die an Provisionen kassiert hat. Ein recht stattliches Vermögen, was ich da gefunden habe!«

»Ich habe die Witwen mit dem Geständnis von Jasmin Elvers konfrontiert«, berichtete Peter. »Die wussten wirklich nichts. Ihnen war mulmig, als ihre Männer so plötzlich und unerwartet starben. Jasmin war dann als tröstende Freundin zur Stelle und hat den Frauen von der Macht der Gedanken erzählt. Die Frauen haben sich schuldig gefühlt und irgendwie mitverantwortlich für den Tod ihrer Ehemänner. Als wir mit den Anfragen zur Exhumierung ankamen, haben sie das schlechte Gewissen und die Angst gedrückt. Jetzt hätten sie eingewilligt – ist zum Glück mit dem Geständnis nicht mehr nötig.«

»Was mich interessieren würde, ist«, meinte Steffen, »wie Frau Elvers die Männer dazu bekommen hat, das Gift, oder besser gesagt die Drogen, zu sich zu nehmen?«

Bärbel klärte Steffen auf. »Jasmin Elvers hat ihre Opfer genau beobachtet. Sie wusste, wann die Frauen weg und die Männer alleine zu Hause sind. Sie ist zufällig auf einen Besuch vorbeigekommen und hatte einen besonderen Apfelwein dabei, den die Männer unbedingt probieren mussten.« Und mit spöttischem Blick auf Peter fuhr sie fort: »Und welcher Mann kann dieser Frau schon widerstehen?«

Peter räusperte sich sichtlich verlegen. »Nachher werde ich noch zu meinem Freund Andreas fahren und mich um ihn kümmern. Der ist am Boden zerstört.«

»War es denn Liebe zwischen den beiden?«, fragte Katrin.

Peter zuckte mit den Schultern. »Andreas kann froh sein, dass er nicht an ihrer Seite alt werden muss!«

Bärbel lachte spöttisch. »Alt wäre der nicht geworden.«

»Morgen werden wir jedenfalls die Jahn verhaften. Der Staatsanwalt meint, bei ihr würde es für eine Verurteilung wegen Anstiftung reichen, bei den anderen Frauen nicht.«

Bärbel bestellte eine Runde Bier. »Ich werde morgen zu Frieda Engel gehen und ihr einen großen Blumenstrauß mitbringen. Die alte Dame hat mir immerhin das Leben gerettet.«

»Ich komme mit!«, beeilte sich Peter zu sagen. »Die Blumen besorge ich auch. Schließlich hat sie meine Lieblingskollegin gerettet.« Er versuchte charmant zu lächeln.

Nur Katrin nahm die Enttäuschung in Bärbels Augen wahr. Bärbel hat sicher mehr erwartet, als nur die Kollegin zu sein, dachte Katrin, und um das peinliche Schweigen zu brechen, gab sie einen Toast aus: »Auf die kleine, alte Frieda Engel!«

Dieser Roman spielt in der Hohen Tanne.

Ich habe mich von den Häusern inspirieren lassen, die teilweise wirklich dort existieren. Ich hoffe, die Bewohner werden mir das nicht verübeln. Ich möchte ausdrücklich darauf hinweisen, dass alle Personen (und auch die Hunde) frei erfunden sind.

Ähnlichkeiten mit Personen oder Namen wären rein zufällig.

Außer Polizeihauptkommissar Peter Pfaffinger, der wirklich Drogenhunde, auch für die Drogen-Spezialeinheit der mexikanischen Polizei, ausbildet.

Kenner werden die kleine feine Kelterei in Maintal-Bischofsheim und den Keltermeister Jörg Stier erkannt haben.

Besonderer Dank gilt der Lektorin Ingrid Walther, meiner Freundin Verena Welcher, der Oberkommissarin Angelika Rinke und dem Hauptkommissar Mark Rinke fürs Probelesen und für die hilfreichen Korrekturen.

# Rezepte
## von Tante Frieda

# Apfelkuchen, gedeckt

### Mürbeteig

| | |
|---|---|
| 300 g Bio-Weizenmehl, Typ 405 | 1 Päckchen Bio-Vanillezucker |
| 2 gestrichene Teelöffel Backpulver | 1 Prise Salz |
| 100 g feiner Zucker | 1 Bio-Ei |
| | 150 g kalte Bio-Butter |

Alle Zutaten entweder auf dem Backbrett gründlich mit dem Pfannenmesser durchhacken und schnell zu einem geschmeidigen Teig kneten oder in der Küchenmaschine mit dem Messer durchhacken und kurz mit den Händen kneten.

Für 30 Minuten in den Kühlschrank stellen.

### Füllung

| | |
|---|---|
| 1 kg säuerliche, aromatische Bio-Äpfel, z. B. Boskop | 4 Esslöffel Rohrohrzucker |
| Saft einer ½ Bio-Zitrone | 1 Teelöffel Zimt |
| 1 Esslöffel Rum | 1 Eigelb (Bio) |
| | 1 Esslöffel süße Bio-Sahne |

## Zubereitung

Springform gut einfetten.

Den Teig in zwei Hälften teilen. Jede Hälfte etwa 2 bis 3 mm stark in der Größe der Springform ausrollen. Eine Hälfte auf den Boden der Springform legen, mit der Gabel ein paar Mal einstechen. Rand aus Teig etwa in der Höhe der Form bilden und festdrücken.

Äpfel schälen, entkernen und grob raspeln, mit Zitronensaft beträufeln, mit Rum, Zucker und Zimt mischen. In die Springform füllen.

Aus dem Teigdeckel mit einer Ausstechform (Stern oder Herz) mittig ein Loch zum Ausdampfen ausstechen. Aus restlichem Teig noch mehr Plätzchen zum Verzieren auf den Deckel legen und alles mit dem in Sahne verquirlten Eigelb bestreichen. Bei 180 °C etwa 30 bis 40 Minuten backen. Falls der Kuchen zu dunkel wird, mit Alufolie abdecken.

Noch lauwarm mit geschlagener Sahne essen!

# Fränkische Blaue Zipfel

## Essigsud

| | |
|---|---|
| 100 ml feiner Bio-Weißweinessig | Schale von 1 Bio-Zitrone |
| 100 ml Bio-Weißwein, trocken | ½ Teelöffel Salz |
| 1 l Wasser | 2 Teelöffel Zucker |
| 3 bis 4 gelbe Bio-Zwiebeln | ½ Teelöffel schwarze Pfefferkörner |
| 3 bis 4 Bio-Möhren | ½ Teelöffel Wacholderbeeren |
| 1 Bio-Petersilienwurzel | 2 bis 3 Lorbeerblätter |
| ¼ Bio-Sellerieknolle | 4 Nelken |

## Zubereitung

Alle Zutaten fein schneiden, Zwiebel in sehr feine Ringe schneiden, ein Stück Zitronenschale hinzufügen (später entnehmen) und alles miteinander 10 Minuten leicht köcheln lassen.

4 Paar frische, ungebrühte Bratwürste je nach Größe etwa 15 bis 25 Minuten ziehen lassen (nicht mehr kochen!).

Im Sud mit dem Gemüse servieren.

### Anmerkung von Lena:

Als ich noch klein war, musste Tante Frieda für mich das Gemüse und die Gewürze abseihen und hat den Sud mit 1 bis 2 Teelöffel Maisstärke abgebunden. Erst dann habe ich die Blauen Zipfel gegessen!

# Frankfurter Grüne Soße

- 1 Paket Frankfurter Grüne Soße – am besten frisch vom Markt (Borretsch, Kerbel, Kresse, Petersilie, Pimpinelle, Sauerampfer, Schnittlauch)
- 2 Becher Bio-Schmand à 200 g
- 2 Becher Bio-Vollmilchjoghurt à 150 g
- 2 hartgekochte Bio-Eier
- 1 sehr kleine Knoblauchzehe oder 2 bis 3 Blätter Bärlauch
- Salz, Pfeffer, Bio-Zitronensaft, Bio-Senf, Zucker, Bio-Mayonnaise

### Zubereitung

Die Kräuter waschen und trocknen, grobe Stiele entfernen.

Portionsweise in der Küchenmaschine hacken, Eier, Knoblauchzehe, Schmand und Joghurt dazugeben. Abschmecken.

### Anmerkung von Lena:

Tante Frieda sagt immer, in die Grüne Soße kommt keine Mayonnaise – höchstens 1 Esslöffel, damit sie »rund« schmeckt.

# Sauerbraten

| | |
|---|---|
| 1 kg Bio-Rinderbraten | 3 bis 4 Lorbeerblätter |
| ½ l trockener Bio-Rotwein | 6 Pimentkörner |
| 125 bis 250 ml Bio-Rotweinessig | 6 Wacholderbeeren |
| 125 bis 250 ml Wasser | 4 Nelken |
| 1 große Bio-Zwiebel | 10 schwarze Pfefferkörner |
| 2 Bio-Möhren | Soßenlebkuchen |
| ¼ Bio-Sellerieknolle | Bio-Schmand oder Bio-Crème fraîche |
| ¼ Bio-Lauch (nur das Weiße) | Salz, Pfeffer, Gemüsebrühe, Pfeilwurzelmehl |

## Zubereitung

Den Rinderbraten waschen und in eine Keramik- oder Glasschüssel legen, das Gemüse klein schneiden und den Braten umlegen, Gewürze dazu. Mit Rotwein und Essig-Wasser-Gemisch in gleichen Teilen begießen, so dass der Braten komplett bedeckt ist. Zwei Tage an kühlem Ort durchziehen lassen, ein- bis zweimal wenden.

Den Braten aus dem Sud nehmen und abtrocknen. Rundum im Bräter in Butterschmalz scharf anbraten, dann den Sud nach und nach dazugeben, ein großes Stück Soßenlebkuchen dazugeben und etwa 1½ Stunden schmoren lassen.

Den Braten aus der Soße nehmen und warmstellen oder in Alufolie wickeln und beiseitestellen. Die Soße durch ein Sieb geben und mit Salz, Pfeffer und Gemüsebrühe abschmecken. Mit in kaltem Wasser angerührtem Pfeilwurzmehl abbinden. Die Soße mit 2 bis 3 Esslöffeln glatt gerührtem Schmand oder Crème fraîche verfeinern.

### Anmerkung von Lena:

Das ist ein Sonntagsbraten! Bei Frieda gibt es nie öfter als einmal in der Woche Fleisch. Höchstens. Dafür immer in bester Qualität. Bei Frieda würde es nie argentinisches Rindfleisch oder Lamm aus Neuseeland geben. Sie sagt, wir haben die Wetterau, den Vogelsberg und die Rhön vor der Haustür – mit allerbesten Produkten. Wozu also Energie verschwenden und die Umwelt unnötig belasten?

# Kartoffelsalat

1 kg festkochende Bio-Kartoffeln
1 kleine Bio-Zwiebel
5 bis 6 Esslöffel Bio-Sonnenblumenöl
3 bis 4 Esslöffel Bio-Apfelessig
etwa 350 bis 450 ml Brühe (z. B. Alnatura Klare Gemüsebrühe)
Salz, Pfeffer, Zucker
1 Teelöffel Bio-Senf
1 Bio-Salatgurke

### Zubereitung

Die Kartoffeln gründlich waschen, evtl. bürsten und in der Schale in Salzwasser etwa 20 Minuten kochen oder dämpfen. Die Zwiebel sehr fein würfeln und im Sonnenblumenöl auf kleiner Flamme weich werden lassen (darf keine Farbe annehmen!), die Brühe dazugeben und aufkochen lassen. Herd abschalten, Essig und Senf mit Schneebesen einrühren, kräftig abschmecken.

Die Kartoffeln pellen, in Scheiben schneiden und mit der warmen Marinade durchziehen lassen. Die geschälte Salatgurke direkt in die Kartoffeln hobeln und untermengen.

Schmeckt lauwarm am besten!

# Quark-Laibchen

### Für 2 Personen

| | |
|---|---|
| 200 g Bio-Quark, Magerstufe | ¼ bis ½ Peperoni, je nach Schärfe |
| 80 g Bio-Weizenvollkorngrieß | ½ Bund Schnittlauch |
| 1 Bio-Ei | Salz, Pfeffer |
| | Butterschmalz zum Ausbacken |

### Zubereitung

Die Peperoni mit Gummihandschuhen entkernen und sehr fein hacken, Schnittlauch in feine Röllchen schneiden.

Mit den anderen Zutaten gut vermischen, abschmecken (kann viel Salz vertragen!) und mindestens 30 Minuten quellen lassen.

Dann kleine Laibchen formen und im heißen Fett von jeder Seite ungefähr 5 Minuten braten.

Dazu schmeckt ein gemischter Salat oder Gemüse.

# Apfel-Scheiterhaufen

**Für 2 Personen**

| | |
|---|---|
| 3 altbackene Bio-Brötchen | 400 g Bio-Äpfel, aromatisch |
| ¼ l Bio-Milch | Zucker und Zimt |
| 2 Bio-Eier, klein | 15 g Bio-Butter |
| Bio-Zitronenschale, gerieben | |

### Zubereitung

Die Brötchen in Würfel schneiden. Die Milch mit den Eiern und dem Abrieb der Bio-Zitronenschale verquirlen und über die Brötchen gießen und gut durchziehen lassen. Die Äpfel schälen, entkernen, grob raspeln und mit Zucker und Zimt vermengen.

Eine Auflaufform gut einfetten, Brötchen und Äpfel schichtweise einfüllen und gut andrücken. Letzte Schicht sollten Brötchen sein.

Butterflöckchen obenauf setzen und im vorgeheizten Ofen bei 160 °C ungefähr 35 bis 40 Minuten goldbraun backen.

Dazu Vanillesoße reichen.

# Tante Friedas Tofu-Pfanne

### Für 1 Person

| | |
|---|---|
| 100 g Tofu | 1 Handvoll Zuckererbsen- |
| Soja-Soße | Schoten |
| 2 Teelöffel Gomasio | ½ Bund Koriander |
| ½ rote Bio-Spitzpaprika | Bio-Olivenöl |
| 1 Stange Bio-Sellerie | |

### Zubereitung

Tofu zu ½ cm breiten Würfelchen schneiden und in Sojasoße mit 1 bis 2 Teelöffeln Gomasio marinieren.

Paprika und Sellerie in feine Streifen schneiden. Die Zuckererbsenschoten entfädeln und 3 Minuten lang im kochenden Salzwasser blanchieren.

Zuerst die Tofu-Würfel in heißem Fett anbraten, das Gemüse zugeben und in 3 bis 5 Minuten bissfest garen. Abschmecken.

Zum Schluss gewaschene und gerupfte Korianderblättchen darübergeben.

### Anmerkung von Lena:

Eigentlich mag ich kein Tofu – bis auf dieses Gericht, mit Reis und Sambal Oelek richtig lecker!

Wenn ich zu Besuch bin, nimmt Frieda natürlich die doppelte Menge an Zutaten.

# Tante Friedas Omelett

## Für 1 Person

½ rote Bio-Spitzpaprika
1 bis 2 Bio-Frühlingszwiebeln
1 große Bio-Tomate
3 bis 4 schwarze Oliven ohne Stein

evtl. 30 bis 50 g geriebener Bio-Mozzarella
ein paar Blätter Basilikum
1 bis 2 Bio-Eier,
Salz, Pfeffer
Bio-Olivenöl

## Zubereitung

Paprika und das Weiße und Hellgrüne der Frühlingszwiebeln fein schneiden und in Olivenöl ungefähr 3 bis 4 Minuten anschwitzen, dann die inzwischen gewürfelte Tomate mit in die Pfanne geben und kurz heiß werden lassen.

Das mit Salz und Pfeffer verquirlte Ei zugeben und bei mittlerer Hitze stocken lassen.

Wenn gewünscht, mit dem geriebenen Mozzarella bestreuen, das Omelett zusammenklappen und den Käse kurz schmelzen lassen.

In Scheiben geschnittene Oliven und zerrupfte Basilikumblättchen obenauf legen.

### Anmerkung von Lena:

Frieda benutzt grundsätzlich zwei Sorten Olivenöl:

ein einfaches, preiswertes Bio-Olivenöl, nativ extra, zum Braten und Kochen.

Und für Salate oder Gerichte, die nach dem Garen einen Schuss Olivenöl erhalten, ein besonders fruchtiges und aromatisches Bio-Olivenöl, nativ extra, aus Kreta. »Daran darf man nicht sparen!« (Zitat Frieda)

# Bulgur-Salat

### Für 1 Person

| | |
|---|---|
| 40 g Bio-Bulgur | ½ Bio-Salatgurke |
| ½ Bund glatte Petersilie | Saft einer Bio-Zitrone |
| nach Geschmack frische Minze | Bio-Olivenöl (das Gute) |
| 1 Bio-Tomate | Salz, Pfeffer |

### Zubereitung

100 ml Salzwasser aufkochen, Bulgur einstreuen und auf der ausgeschalteten Herdplatte ungefähr 20 Minuten ausquellen lassen.

In der Zwischenzeit Gurke schälen, entkernen und würfeln, Tomate entkernen und würfeln. Petersilie grob hacken und eventuell ein paar Blätter frische Minze. Mit Salz, Pfeffer, Olivenöl und Zitronensaft kräftig abschmecken. Mit dem Bulgur vermischen und alles kurz durchziehen lassen.

## Auerbach & Keller
## Unter allen Beeten ist Ruh'

Ein Schrebergarten-Krimi
ISBN 978-3-548-61037-5

Pippa Bolle hat die Nase voll von ihrer verrückten Berliner Familien-WG und bietet ihre Dienste als Haushüterin in der beschaulichen Kleingartenkolonie auf der Insel Schreberwerder an. Das Paradies für jeden Großstädter! Bienen summen, Vögel zwitschern, das Havelwasser plätschert. Doch die Ruhe trügt: Nachbarn streiten sich um Grundstücke, ein Unternehmer träumt vom großen Coup. Und dann gibt es auch schon die erste Tote ...
Miss Marple war gestern: Jetzt ermittelt Pippa Bolle in ihrem ersten Fall!

List

www.list-taschenbuch.de

*Richard Dübell*

# Allerheiligen

Kriminalroman.
Taschenbuch.
Auch als E-Book erhältlich.
www.ullstein-buchverlage.de

### *Sakrisch guad: Mord und Totschlag in Niederbayern*

Da legst di nieder! Ein gefährlicher Geiselnehmer im idyllischen Landshut? Auch das noch. Peter Bernward ist genervt: Sein Vater plagt ihn mit Vorträgen über Ahnenforschung. Die attraktive Kommissarin Flora Sander lässt ihn ständig abblitzen. Und jetzt behindern die arroganten Kollegen aus München auch noch seine Ermittlungen. Aber so leicht lässt sich ein niederbayrischer Dickschädel nicht von einer heißen Spur abbringen – und dann wird's gefährlich.

Der erste Kriminalroman von Bestsellerautor Richard Dübell!